高等院校设计专业系列教材

设计表现技法

（第二版）　　　著者　梁展翔 李诏絮

上海人民美術出版社

图书在版编目（ＣＩＰ）数据

设计表现技法／梁展翔，李泳絮编著. －2版. －上海:
上海人民美术出版社，2007.5
（高等院校设计专业系列教材）
ISBN 978-7-5322-5262-6

Ⅰ.设. . . Ⅱ.①梁. . . ②李. . .Ⅲ.造型设计－高等
学校－教材 Ⅳ.J06

中国版本图书馆 CIP 数据核字（2007）第 041685 号

设计表现技法(第二版)

策　　划：王　远
著　　者：梁展翔　李泳絮
责任编辑：王　远
封面设计：毛　溪
版式设计：梁展翔　李泳絮
技术编辑：陆尧春
出版发行：上海人民美术出版社
　　　　　（上海长乐路 672 弄 33 号）
印　　刷：上海市印刷十厂有限公司
开　　本：787 × 1092　1/16　8.5 印张
版　　次：2007年5月第1版
印　　次：2010年6月第5次
印　　数：12251－14250
书　　号：ISBN 978-7-5322-5262-6
定　　价：38.00元

序

殷正声　教授

同济大学艺术设计系主任

教育部工业设计专业指导委员会委员

上海工业设计促进会副理事长

　　语言是人们进行交流的工具，如身处国外而不懂外语，肯定会痛感语言对于交流的重要性。不同的专业有着不同的语言，如歌唱家用歌声来沟通与听众的感情，舞蹈家用肢体语言与观众交流，设计师与自己、与人们进行交流的语言是图纸，而表现图是设计图纸中最重要的一种。

　　医学研究的成果表明，人脑有四个象限，大脑善于思维，小脑喜于运动，左脑擅长逻辑思维，右脑却能进行形象思维……设计表现图部分表达了设计师左脑中的逻辑思维，但主要讲述的是设计师那种无法用语言来表达的模糊的"感觉"。

　　我曾在日本东芝设计中心工作过，深感那里对于"草图"的重视，设计中心几百位设计师没有哪位不能流利地画草图的，回国后又与黑川纪章、槇文彦、高松伸等建筑大师有过交往，发现他们都能画一手漂亮的草图。

　　我自己也教过设计表现图的课，也从中体会到草图、手绘表现图对于学生设计能力的提高、左脑感觉的培养是何等重要。由于有心于这门课程，常常对各类这种书籍光顾几眼，说实话好书不多。今年我系的两位青年教师梁展翔、李詠絮编著了《设计表现技法》一书，一是他们平时对教学的积累，二是他们对于平时自己在设计中经常画表现图的体会，非常"有的放矢"。我们应该强调徒手绘图的作用，现在有很多人以为掌握了电脑技巧就能应对设计，而实际上，现在的设计分工越来越细，往往设计师出构思图，由专业表现图公司的绘图员来完成，也有不少大师与有才华的设计师，草图画得极好却不太擅长对付电脑。

　　在这本书中图示了当前设计实践中最常见的手工绘图方法，并简明扼要地阐述了这些方法背后所蕴含的道理。相信这本书的问世对初学者将会起到引导入门的作用，对设计专业人员则会起到推陈出新的作用，不论对设计表现的教学，还是实际的设计创作，都将是有益而有效的参考。

2007年3月于上海

内 容 提 要

设计表现技法是设计专业的一门基础课程和必备技能。《设计表现技法》初版广受设计类院校的好评。此次再版，在秉承原有特点和优势章节的基础上，对初版内容进行了60%以上的大幅更新和改进，无论内容编排还是版面设计都令人耳目一新。

本书总结了艺术设计(包括环境设计和产品设计)表现技法教学和设计实践中方方面面的经验，由浅入深，对各类表现技法分章节、分专题展开说明；同时引进了许多新的观念，探讨特殊和创新的设计表现形式，有助于推动高校设计类专业的课程教学，满足设计界青年学子成才的需要。

本书作者为国内一流院校——同济大学的优秀青年教师，担任这门课程的主讲教师已多年，积累了相当程度的教学经验和技术支持。书中呈现了他们及其前辈总结的大量的实战经验和技巧提示，同时针对目前学生普遍存在的过度依赖计算机而忽略手绘表现技法的现象，有的放矢，增强学生学习表现技法的积极性，对提高手绘表达能力起到强化作用。

作 者 简 介

梁展翔

男　1973年9月出生于广东佛山市
1995年7月　毕业于同济大学工业设计专业
1999年2月　毕业于同济大学建筑城规学院，建筑学硕士
任教于同济大学建筑城规学院艺术设计系，讲师
获奖：
2002年度上海建筑装饰教育奖励金
2003年度同济大学优秀青年教师
从事教学及研究方向：室内外环境设计，街具设计
工程作品：
上海南京东路步行街环境街具设计
"泰州市城市建设展"展示设计
上海嘉定区永盛大道景观规划及环境设计，街具设计
上海宝山区通和市民健身活动中心建筑设计

李咏絮

女　1976年8月出生于浙江省温州市
1995年7月毕业于中国美术学院附中
1999年7月毕业于中国美术学院环境艺术系
任教于同济大学建筑与城市规划学院艺术设计系，讲师
从事教学及研究方向：室内外环境设计，景观设计
工程作品：
山东泰安市嘉德–现代城景观规划设计
浙江温州市翠微山公园景观规划设计
江苏扬州市新城西区人工湖景观设计

目　　录

TYP WINDOW: 45° OPEN | MIT 2001
1½"=1'·0"

设 计 思 维 与 表 达
THINKING AND DESIGN EXPRESSION

第一章　设计思维与表达

一. 概论

1. 概念

当设计师的脑海中闪烁着设计的灵感火花时，该如何与别人分享，该怎样向大家描述呢？图示，显然是最直观的表达方式，从构思草图到设计表现画，每一位设计师都会要求自己具备一定的绘图表现能力去表达自己的设计思想。

设计表现画是一种实用画种，它跨越设计和绘画两个艺术领域，是服务于某一实用目的的画种，它与纯绘画艺术画种如：国画、油画、版画等是有区别的，它不完全以艺术家个人为中心，不以表达艺术家个人的艺术观点、审美情趣、对

形式美感的偏爱和特殊的追求为主要目的，它在作画过程中的所有努力都是为了更好地体现设计师的思想，将设计师的意图完全地、充分地表达出来，为此甚至可能牺牲某些形式美感和个人的审美偏好。

下图　咖啡馆的夜晚
[凡·高　油画]

艺术家的创作带有非常鲜明的个性特征，他们的创作目的与设计师的创作目的是不尽相同的。

设计表现画要求写实，也就是说要忠实于设计，只有这样，才能真正反映出设计的内容，其中绘画上的一切技巧，都应当遵照这个原则来运用。写实性虽然是一个基本要求，但要做到这一点并不容易，这个写实是包括很多内容的，比如体量关系的处理、材料质感的表达、色彩的选择与搭配、环境气氛的营造、配景形象的取舍、画面空间关系的表达等等，要想把这些关系都处理好，需要作者有坚实的绘画基本功。

设计表现图有其特有的艺术感染力，原因在于其是以绘画的形式来表达设计思想的，优秀而恒久的设计表现画一定是既能满足人们了解设计师的设计思想的需要，又能满足人们的审美需求的。

上左图　奥维斯的房子　　[凡·高 油画]
上右图　带留声机的房间　[马蒂斯 油画]
下　图　小住宅　　　　　[建筑表现图]

上图　建筑表现图　　　　　下图　春天[蒙克 油画]

这是一组构图与表现内容颇为相似的画面，我们可以很
清晰地比较纯绘画与设计表现图之间的不同。

2. 内容

设计本身是一种形象艺术，每个有创意的构想都凝聚了设计师尽心竭力的耕耘。绘制表现图时如何将建筑师独特的构思表达出来是画者需要精心考虑的问题。

▤ 风格

不同的画种有其独特的风格。绘画时根据设计内容选择最恰当的表现手法及工具，有利于突出主题。比如水彩画风格清新飘逸，艺术感染力强；水粉画表现力强，可以将材料的质感空间的体量、环境的氛围等因素表达透彻，马克笔绘图充满现代气息，风格洒脱干脆等。

▤ 构图

可以从视觉效果上表现出风格化的特征，可以体现平稳与动势、和谐与冲突、秩序与纷杂、柔和与刚硬等等。这些风格实际上也是迎合设计所呈现出的特点，所以表现时，应结合设计的特色来选择构图方案。

▤ 色彩

是具有强烈主观意识的表现因素，它有表现复杂内涵的功能。不同的色相、明度、纯度，不同的冷暖倾向，对比与调和关系的处理等都会赋予画面各异的表情，这些表情恰恰最能体现建筑的内涵特征。

▤ 笔法

它的运用也会带给画面微妙的变化。比如，起落笔的力度，是顿笔还是枯笔，是疏是密，笔触的形式是柔是刚等等，都会使画面的节奏韵律、风格特征发生变化。

◎ 元素

　　画面元素的取舍与分布同样影响表现的效
果。元素丰富、画面饱满，则气氛浓郁、场景热
烈；元素精练、画面空灵，则主题突出、可回味
空间大。所以在绘制过程中，主体细节的表现程
度与配景种类、数目推敲的选择，都会反映出作
画者的表现意图。

3. 要求

　　随着现代设计行业的迅猛发展，设计表现画
的发展日益成熟，其特殊的要求逐步使之发展成
为一个特殊的画种，有特殊的技术和方法，对作
者也有着特殊的素质要求，作为一个表现画设计
师必须具备一定的表现技能与良好的艺术审美能
力，若要具备这样的能力，我们要从三个方面训
练自己：

图1、2　在赖特的创作中，弥漫
着一股清新的田园气质。浪漫的、
充满幻想的艺术魅力不仅存在于他
的建筑设计作品中，而且也反映在
他的建筑画中。他用精炼的白描手
法勾勒建筑及其环境，着墨不多却
形象生动，画面具有一种含蓄、空
灵的诗意美。充满诗意的画面空间
是很难刻意追求得到的，也不是纯
粹以技巧或手法就能精心安排的，
而是作者以深厚的艺术底蕴再现他
的设计思想。

图3、4　格雷夫斯的建筑表现图
以其历史的隐喻和古朴的建筑形象
支撑着后现代主义的大旗，他喜欢
用彩色铅笔绘制构想图。线条通过
叠加所产生的色彩，醇厚而微妙，
古朴中透露着灵性和幽默。这种个
性化的图示和他的设计风格相一
致，体现出了深邃的想像力，和一
种具有宗教气质的神秘力量。读他
的建筑画如同进入他的建筑空间一
样，无形中会感到心灵被牵引着升
往一个纯净而空灵的思想境界。

◪ 技能方面

　　要有快速捕捉形态的能力，要有良好的空间概念，这就需要加强速写的训练，要熟练掌握某种工具的运用技巧，并且认识表现材料的特性。对于技能的学习可以借鉴前人的经验，从大师们的表现技巧中体会其中之奥妙，这是一个很好的学习方法，同时还要提倡多观察、勤思考、多练习，在刻苦磨练中逐步形成自己的风格。

◪ 艺术修养方面

　　设计表现技法表现的不仅是设计构想，它也传递着设计者的个人修养、文化底蕴、个性的张扬、情感的表达、对艺术的追求。因此，学习视野要开阔，善于吸纳其他门类艺术之精华，不断提高自己的人文素质，使设计表现技法达到较高的境界。

◪ 思维方式方面

　　设计表现是视觉化的思想交流，是感性和理性相互交织的过程。形象思维为我们带来丰富的想像空间，是创意的原动力。而逻辑思维的理性解析能力能使创意走向纵深、走向合理。设计表现技法既要体现不同思维模式的相互交融，更要在不同思维模式碰撞时，找到平衡点，以寻求更高的表现艺术境界。

2

3

4. 意义

设计师训练表现画绘制技能的意义不仅仅在于表现能力与技巧的提高，还可以潜移默化地提高设计师的艺术修养。设计师的创造力和想像力是建立在渊博的文化知识、细心的生活体验和良好的艺术修养之上的。另外，设计表现绘画中涉及到的各种关系处理，比如构图、色彩、材料质感、意境追求等等，同样也是设计师需要重点思考的内容。

应当看到在当今的设计表现领域中，利用计算机绘制出的效果图具有很强的表现力和逼真感，并且计算机因其便于修改、调整的特点深受设计师的欢迎。然而，电脑的表现语言永远无法替代原始的手绘表现，手绘效果图的独特性、艺术性、偶然性的表现语言，是电脑所不具备的，我们不能否认计算机在设计中的重要作用，我们旨在强调作为设计师，在掌握现代化的工具同时，更要不断地提高个人的手绘设计表现技艺，因为熟练的设计表现技法能够开拓我们的形象思维，对我们的设计深度、广度的提高以及进一步完善都有着非常重要的作用。

5

图1、3　计算机建模与
　　　　照片合成表现图
图2　　　计算机表现图
图4、5　计算机表现图
　　　　[金均 设计绘制]
图6　　　计算机表现图
　　　　[姜嗣波 设计]

6

参考作业　区别手绘设计表现画、计算机表现画与纯绘画之间的不同之处，领略它们不同的艺术效果，明确设计表现画所应该表达的内容，并且通过技巧的训练完善自己的基本技能。

二. 设计思维的表达

　　作为一名建筑设计师、环境设计师、产品设计师，表达能力是我们设计活动的基础，这里所谓的"表达"指的就是我们通常所说的表现图，以及那些更加原始的、未加修饰的、但更接近设计师内心的设计表达，也就是构思草图。这类图纸表达水平的高下，不仅对设计思想的传达起着举足轻重的作用，而且还能反映设计师的艺术修养，我们有必要强调设计表达的重要性，这是作为一位设计师所必备的艺术修养。良好的职业技能和修养是成就一位优秀的设计师所不可缺少的环节，如今有不少的建筑师们都埋头于对技术知识、结构构造的钻研，而忽视了对于艺术功底、美术造型能力的培养与训练，当然前者是设计师所应具备的基本技能之一，

我们不能忽视它的重要性，但后者的作用更能完善设计师的综合职业素养，它能使设计师的作品蕴含更多的艺术气质。众所周知，建筑是艺术与技术的结合，我们在满足于技术知识的同时，更应该强化设计思路的艺术表达，它能直接体现设计师知识、技能和艺术修养的综合素质。

　　速写就是培养造型能力，形成艺术审美的重要手段，速写的练习之于设计师的重要性是如何强调也不为过的。速写的训练，不可能一朝一夕就能成就，良好的设计表达能力来源于日常的不懈努力，对于从事环境艺术创作的设计师来讲，一般的速写方法显然不能达到我们的职业要求，有别于其他的纯艺术画家，设计师在捕捉对象形态的同时，还应

1

3

图2、3
浙江诸葛村写生
[李詠絮 绘]

图1、4、5
浙江绍兴写生
[李明磊 绘]

2

4

5

表达出对象的空间关系、勾勒出场所的内在结构、平面布局等一系列专业特点比较鲜明的画面。也就是说设计师除了准确地表达自己理解的、感受到的场景氛围外，还应时刻保持一种理解性的作画立场和方法，这一点对于青年设计师在学习设计的过程中具有很好的指导作用。设计师通过速写的训练、

积累，除了可以锻炼手头功夫外，还能得到很多的信息，能够认识建筑环境、结构、构造以及装饰的真谛，其间既有技术又有艺术，还能积累大量的参考资料，分析研究他人的创作态度与方法，并从中汲取必要的营养，体会艺术的创作是没有止境的，成功的作品来之不易，达到学为己用的目的，可见

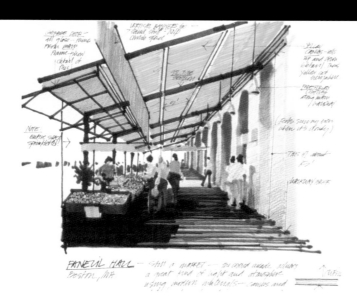

这几幅图的绘图介质是钢笔加彩色铅笔或钢笔加马克笔。这些速写的方法对于设计师是值得提倡的，因为作者们在画速写的同时还带来了非常丰富的信息：比如作者对室内、室外空间的材质等都掺杂了文字描述。

坚持速写的练习将使设计师受益匪浅。也只有如此，在设计实际项目的过程中，我们方能体会到这种坚持所带来的直接效应，由不间断的速写练习打下的良好基础，将会使我们在设计方案的过程中，能准确、快速、生动的用设计构思草图的形式直观地表达出设计意图，而良好的艺术功底及造型能力，也会体现在对其他各种表现图艺术效果的把握上，不论从构图、色彩、尺度等方面，还是具体的设计手法都会有独到的艺术处理手段。

1. 速写

速写主要是作画者快速记录下一个主题和景物的方法。在绘制表现性速写时，运用不同的工具，速写的效果也是不同的：

铅笔是画速写最常用的工具，铅笔芯的粗细和硬度的种类很多，不同硬度的铅笔能画出各种不同性质的线条，从最纤细的到最粗犷的。通常在需要快速表现对象时，都会选择使用软铅笔，因其所画出的线条很松动，层次也很丰富，且能快捷地表现明暗调子。

钢笔、针管笔因其使用、携带都很方便，也是画速写使用极广泛的工具，钢笔有各式的笔尖，可以产生不同笔宽的线条，它画出的线条流畅而结实，有些钢笔画出的线条粗细均匀，有些钢笔转动笔尖可画出可粗可细的线条，在用钢

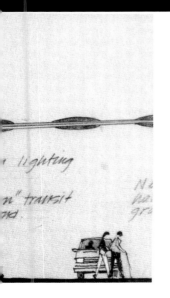

LIGHTER AND FRESHER

Skylighting would enhance the feeling of freshness in the food court. A lighter, more easily maintained floor could be accomplished with terrazzo.

1

图1　阿尔多·罗西的构思草图一如他的建筑，充满活力、幽默感和神话色彩，且具有深刻的人文精神。

小贴士

■　要养成不间断练习的习惯，多画速写，保持敏锐的观察能力，否则，技能不进则退。

笔、针管笔画速写时，控制线条的疏密与笔画的前后叠加效果十分重要。针管笔可将对象表达得很细腻，具象，写实，也可运用于细部的写生，但相对来说，使用针管笔画速写，表现速度稍慢。

马克笔有从细到宽和从尖到扁的不同形状的笔头，可以为我们提供一种快速、自由、富有表现力的表现方法。

在彩色工具中，有水彩、彩色铅笔、彩色马克笔、色粉笔、油画棒等各种选择。在绘制速写时，我们可以选择不同的工具，熟悉它们的不同性能，同时还要关注其他新的表现方法，提高自己对形象的敏感度与设计表达能力。

2. 构思草图

只有坚持速写的训练，才会形成良好的徒手表达能力，这为将来的设计活动打下了最原始的基础。设计师在设计的过程中，构思是其中至关重要的第一步，很多优秀的设计作品都起源于大师们灵感乍现的那一刻。那一刻被捕捉，被以直观的形式反映到纸面上，这就是构思草图，它是设计过程中的一部分，它是充满激情的、粗略的、概念化的、非正式的图纸，但它最清晰地展示了设计思考的过程。设计师往往就是通过这些表达设计想法的草图，探索建筑语汇中最基本的图形，并将此图形反复推敲，一再变化发展，直到形成最终的设计图。构思草图能力的高下，取决于平日是否勤笔不辍的速写练习。

构思草图以一种独特的、无法替代的方式呈现作者的内在构思，并且它会时刻提醒设计师，当出现一些因素干扰设计时，要注意保持构思最初的激情或思维逻辑性。

构思草图是直接地抓住和保留本质的东西，这个所谓本质，可以是一种形状、一种联系、一种倾向，或是光线的一种效果等。

图2　　斯蒂文·霍尔　麻省理工学院学生公寓餐厅水彩设计草图
图3、4、5　斯蒂文·霍尔　麻省理工学院学生公寓的构思草图
图6　　阿尔多·罗西　构思草图

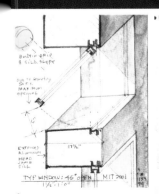

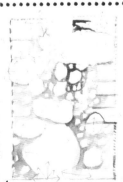

建筑师保罗·鲁道夫："对建筑师来说，草图常常是愉悦的探索过程，像高潮之前的序曲一样，随着建筑趋向均衡，接近完美而令人欢欣鼓舞。草图常常以独一无二、无法替代的方式呈现作者的内在构思。它有其内在的逻辑，可以指导人们接近真实的想法。"

图1、2　安藤忠雄　　　　日本芦屋小筱邸构思草图及建成后外观
图3、4　迈克尔·格雷夫斯　美国迈阿密海洋大道1500号外立面表现图
图5、6　斯蒂文·霍尔　　　麻省理工学院学生公寓主入口建成后照片及水彩草图

1

👉 **小贴士**

■ 构思或概念草图颇见绘画功底，它需要设计师
对尺度、透视、构图、造型、色彩等都有相当
地认识，才能做到信手拈来。

2

4

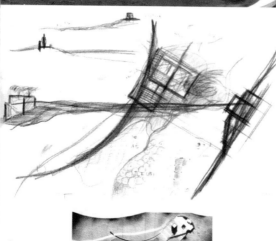

3

5

图1　安藤忠雄　　　日本淡路岛真言宗本福寺水御堂构思草图
图2　安藤忠雄　　　日本淡路岛真言宗本福寺水御堂建成照片
图3　安藤忠雄　　　日本大阪府立飞鸟历史博物馆构思草图及平面图
图4、5　理查德·罗杰斯　英国泰晤士河谷大学学术资源中心构思草图及建
　　　　　　　　　　　成后内景

从安藤忠雄的构思草图中，我们通过那简洁而粗犷的线条，可以体验灵感
迸发的激情以及短暂瞬间作记录所要求的表现手法的高度概括性。比较建成
后的建筑形象，完全是在此基础上所发展和完善的结果。让我们试想一下如
果当初的灵感在闪现时没有抓住，或因表现能力与手法的限制而未能充分表
达出构思中的形象，那么这个精彩的作品今天就不会跃然于我们面前了。

参
考
作
业

须养成经常画速写的习惯，在表现建筑、室
内、景观或产品时，要有意识地将看到或体会
到的对象，尽可能详尽地以图像以及文字的形
式记录下来。

2

设 计 表 现 基 本 原 理
BASIC PRINCIPLE OF ENVIRONMENTAL RENDERING

第二章　设计表现基本原理

一. 透视

透视, 是根据建筑物的平面、立面、剖面或室内的展开图, 运用透视几何学原理, 将三度空间的形体, 在图纸画面上转换成具有立体感的二度空间的绘图技法, 透视能够充分反映形体空间的视觉效果。

从事艺术设计表现的人都必须掌握绘制透视图的方法, 因为它是一切作图的基础。透视图有助于形成真实的图像, 能够真实地再现设计师的构思。

透视图一般分成三种: 一点透视、二点透视和三点透视。一点透视只有一个消失点; 二点透视也称成角透视; 三点透视一般用于俯视图或高层建筑中。

1. 一点透视

一点透视, 又称"平行透视", 是指物体的两组线, 一组平行于画面, 另一组垂直于画面, 它们聚集于一个消失点。一点透视的表现范围广、纵深感强, 适用于表现庄重、严肃的室内空间。其缺点是比较呆板, 与真实效果有一定的距离。

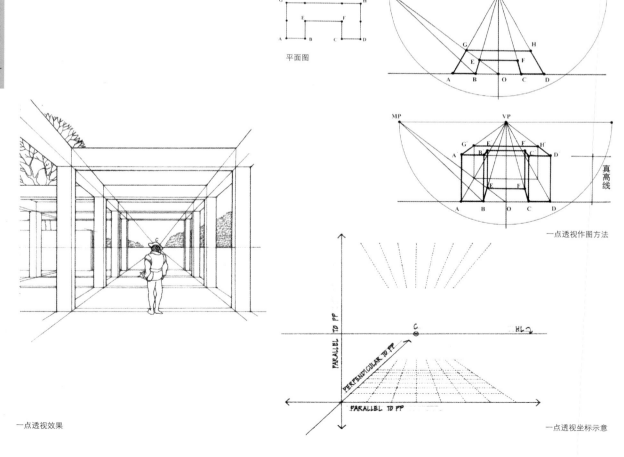

平面图

一点透视作图方法

一点透视效果

一点透视坐标示意

2. 二点透视

二点透视，又称"成角透视"，是指物体有一组垂直线与画面平行，其他两组线均与画面成某一角度，而每组各有一个消失点，共有两个消失点。二点透视的画面效果比较自由、活泼，能够比较真实地反映空间。其缺点是如果角度选择不准，容易产生变形。

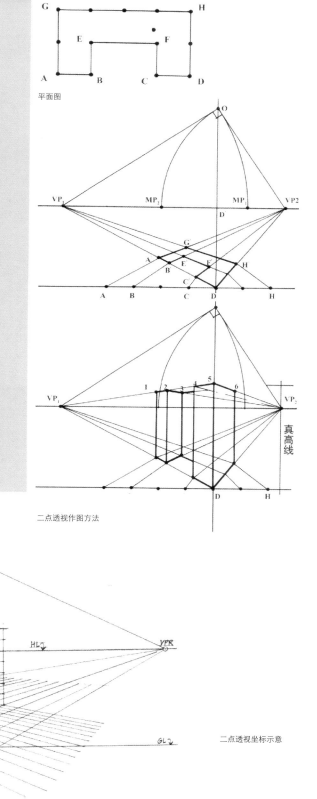

平面图

二点透视作图方法

二点透视坐标示意

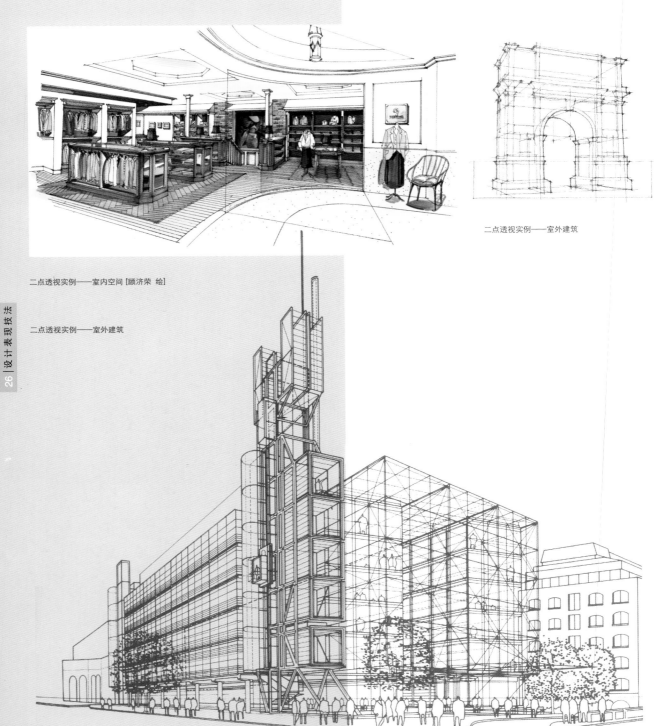

二点透视实例——室外建筑

二点透视实例——室内空间 [顾济荣 绘]

二点透视实例——室外建筑

3. 三点透视

　　三点透视，又称"斜角透视"，是指物体的三组线均与画面成一角度，三组线消失于三个消失点。三点透视多用于高层建筑透视，也用于俯瞰图或仰视图。

　　在三点透视中的第三个消失点，必须和画面保持垂直的主视线。三点透视的特点是角度比较夸张，加强透视效果，富有戏剧感，但不可盲目运用。

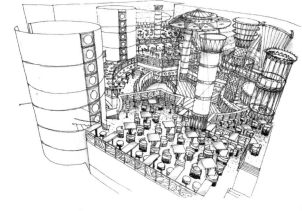

三点透视实例——鸟瞰图

三点透视作图方法

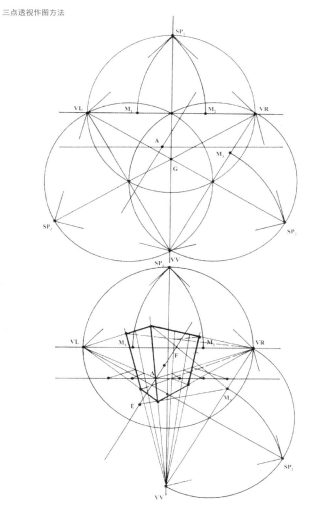

三点透视实例——高层仰视图

一点透视实例——室内 [沈勇 绘]

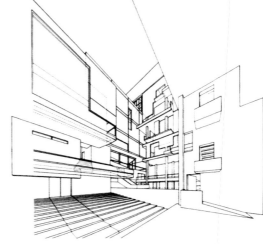

二点透视实例——建筑内庭

三点透视实例——建筑仰视

 小贴士

如何选择透视种类?

■ 左右对称的室内或室外空间透视图,一般采用一点透视法绘制。这样能突出对称的效果,突出空间进深感。

■ 空间层次多以及相互遮挡较多的空间透视图,一般采用二点透视法绘制。这样能把各个空间层次的相互关系表达得更加清晰明了。

■ 突出空间的高大挺拔和形体的雄伟壮观的时候,可采用三点透视法绘制。注意避免Z轴上的灭点离画面太近,否则会产生严重的失真。

■ 运用透视作图方法绘制的透视图固然准确,但当描绘离视点较近的物体时,用透视法求出的物体会产生较大程度的变形和失真。这时候需要对近距离物体进行透视校正处理,比如略微改变近距离物体的透视体系,用植物等配景遮挡或者直接作虚化处理。

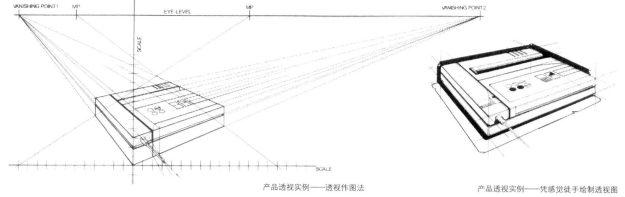

产品透视实例——透视作图法　　　　　　产品透视实例——凭感觉徒手绘制透视图

凭感觉徒手绘制室外空间的景观透视效果，后期运用
电脑作贴图处理，达到真实与虚幻相结合的效果。

凭感觉徒手绘制餐厅室内透视效果图
　右下图：徒手草图　　左下图：效果图成稿 [沈勇 绘]

徒手绘制透视图实战经验

▶▶ 按照图学的方法绘制透视图，过程复杂，费时太
多，较少采用。一般常采用徒手绘制透视图。但是
有必要对透视图法有相当的理解，必须有相当程度
的训练，才能凭感觉徒手绘制。

▶▶ 徒手绘制建筑透视图——通常先确定建筑物的主要
立面，将该立面上水平线的灭点定在离画面较远的
位置，与其相邻立面的灭点则可以定在画面内或离
画面较近处。三点透视作图时要注意Z轴上的灭点
尽量远离画面，避免过度夸张导致失真。

▶▶ 徒手绘制室内透视图——两点透视时通常一个灭点
定在离画面较远的位置，另一灭点则可以定在画面
内或离画面较近处。要避免两个灭点同时出现在画
面或与画面距离相等的情况出现。室内透视图一般
较少运用三点透视。

▶▶ 徒手绘制产品透视图——通常采用俯视的透视效
果，其灭点的选择相对自由度比较大，但切忌透视
过于强烈而使尺度感失真，将产品画成建筑物。一
般不用三点透视作图。

二. 构图

构图就是将画面的各种元素进行合理安排，使之成为一个整体。将各种题材组织在一幅画面里，自成体系，构图的原则有许多，其中三条至关重要。

1. 前景、中景与背景的构图

不论是表现建筑还是室内空间，若想使画面具有空间层次感，必须处理好这三者的关系，若没有这样的经验，画面经常会因此而显得平淡，没有层次。

小贴士

主体适合放在画面的哪个位置?

■ 一般认为建筑的主体放在画面的黄金分割处，会主次分明、富于变化，且又不失平衡。这是一种以正求稳的构图方法。还有一些以奇取胜的构图，运用得好，可以起到引人注目的效果。

■ 主体偏于一侧，处理得当，往往会出新意。采取这种形式，要注意克服其不利之处。

■ 就建筑画来说要将形式各异的主体与配景元素统一成整体，首先应使主体建筑较突出醒目，能起到统领全局的作用；其次，主体与配景之间应形成图底关系，使配景在构图、色彩、用笔等方面起到衬托作用。

前景

前景+中景

前景+中景+背景

整个构图

根据所要表现的内容，画面幅式有多种选择、最常用的幅式主要有横式和竖式。

竖式构图适合表现高层建筑，竖式构图给人以高耸、挺拔、上升感。

于主体一般刻画得较细致，对比较强烈，它偏于□侧时，容易引起画面失衡，所以在另一侧就要用□量的构图元素来平衡。这时应注意不要让配景分□了视觉中心，配景元素的变化应简洁，与主体在□式上形成对比衬托关系。

构图没有层次，画面孤立。

横式构图适合表现覆盖面较大的区域规划，横向的建筑物或空间，横式构图给人以开阔、稳定的感觉。

图重心偏低，画面不够饱满。

构图得当。

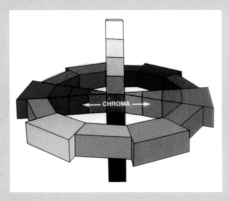

立体色相环

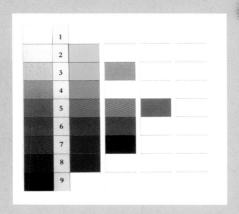

色彩的明亮程度各有不同，最左边是由白色到黑色的明暗等级谱，由浅至深排列。在其右边为明度值相同的各种色彩。

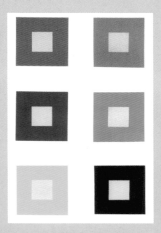

色彩方格
实际尺寸相同的方格看起来似乎大小不一，这是由于相邻两种色彩组合，产生了不同的视幻效果。掌握色彩的这种特性对于塑造我们的效果图空间表现是非常有帮助的。

2. 色调变化的构图

用色彩来构图就是把两种或两种以上的色彩配置在一起，使它们联合产生一种明确清晰和富有特色的表现效果。色相的选择、它们在构图中的位置和方向、面积和对比关系、都是色彩表现的决定性因素。一个基本要点是，一种色彩的效果是由它并存色彩的相关形势决定的，一种色彩总是要在它同周围色彩的关系中来看待。当然，一种色彩在画面上的价值和重要性并不只取决于它的伴随色彩，色彩的位置与方向在画面构图中也是很重要的，关键在于要让它们达到一种平衡。

3. 配景衬托的构图

许多人习惯用丰富多变的元素来形成丰满的图面，这时应注意不要让配景分散了视觉中心，配景元素的变化应简洁，与主体在形式、色彩上形成对比衬托关系。我们可以用配景等衬托元素来弥补图面的不足之处，使主题更加突出，也可以将配景虚化，以简洁的虚实对比来突显主体。

1

▶▶ 主体放在正中心，容易使画面呆板，但如果用配景等衬托元素来打破图面的呆滞感，则主题会更加突出。

▶▶ 在图中，所有的组成部分都应该起到一定的作用，所以即使是很细微的因素也不应忽视。构图的实质就是让每一要素通过所处的特定位置，来发挥其应起的作用。一个好的构图要求通过活跃而有序的画面构成来突出所要表达的主题内容。

参考作业 尝试用冷调子或暖调子表现同一个题材，经过反复比较，对于色彩会有更深入的认识。

上图 街景
[图片提供:上海汉望图像制作有限公司]
画面整体调子为暖色系，中间有一些小面积的色块对比，比如绿与红，增加了色彩的跳跃感。

图1、2 分别为冷色调与暖色调的色彩构图，均利用了原有色纸的底色，产生了一种很有特色的表现效果，将几种相近的色彩配置在一起会使画面显得非常和谐，而为了避免画面的色彩过于单调，可以采用一些小面积的对比色来互为衬托。

The Drake

2

手 绘 表 现 技 法
SKILLS OF HAND DRAWING REPRESENTATION

第三章　手绘表现技法

一．素描表现技法

　　素描，又称单色画。用单一色表现对象的造型、质地和色彩。用素描画法表现，对绝大多数具备一定美术基础的设计师来说，是一种相对比较容易掌握和控制的技法，既可以绘制得简洁、概括，也可以画得极为精致、细腻，且完成后复制时，既方便又经济。

　　素描画法包括线条和色调两个基本要素。绘制时，可以选择以明暗为主，或者以线条为主，也可以二者兼容。最终选择哪种方法，要根据不同画面追求的效果而定。

　　不管选择哪种方法，一张建筑画的优秀与否，关键在于如何把握明暗之间的黑白灰关系以及画面的构图。

1．技法介绍

　　表现素描关系的方法很多，常用的有：

　　▤　使用画明暗素描的常规画法，利用物体在光照下的明暗变化规律，有效地塑造形体，通过这种写实的手法能够将对象表现得相当逼真。

　　▤　通过线条的不同疏密或不同方向的排列，产生有变化的明暗色调。

　　▤　通过点密度的变化排列，产生明暗色调。

小贴士

■　值得注意的是，素描表现效果图的用笔有别于画速写、方案草图的画法，前者要求有严格而准确的透视，其线条应是严谨、规整的，而后者则更带有偶然性，线条会更随意、自由、活泼。

上图　建筑外观表现图

右图　建筑表现图
图中利用线条的疏密关系，来烘托空间的纵深感，这是表现空间感的一种有效手法。

餐厅室内表现图

商场室内表现图
[图片提供:上海汉望图像制作有限公司]

上图　建筑外观表现图

上图　建筑外观表现图

下图　建筑外观表现图
素描表现中很多处理是为了表现光影的变化,它可以增强物体的体积感与立体感。

图　类似于白描的画法,单纯地用等宽的线勾勒形体的轮廓,没有明暗关系,但画面的黑白灰、点线面等概念元素依然存在,因此必须处理好这些关系。并且,这种画法也经常作为淡彩、透明水色、马克笔和水溶性彩色铅笔等效果图的基础。

2. 材料工具

笔类:铅笔、钢笔、针管笔、毛笔、马克笔。

颜料:水彩、广告色。

纸张:素描纸、绘图纸、水彩纸、铅画纸、白卡纸。

通常,较多使用铅笔、钢笔、针管笔来画表现图。除此之外,在需要单色渲染或用某种单色表现对象的明暗关系时,也会使用水彩、水粉颜料或墨汁。

👁 使用铅笔的实战经验

▶▶ 铅笔中含有蜡的成分,作图时蜡的成分会堵塞纸的表面纤维,须避免多次重复涂抹,否则铅笔会在纸面上打滑而无法使暗部达到更深层次,而且会产生亮灰色反光。

▶▶ 使用铅笔绘制的图,完成后需要用加固液固定颜色。

▶▶ 在平滑的纸上作图,如果使用硬度很高的铅笔时,不要过分用力,因为这样会在纸上留下痕迹。

▶▶ 不要使用硬度较低的铅笔在较粗糙的纸面上表现细节,否则效果就不甚理想了。

▶▶ 在作图时,最好将已经完成的部分用纸遮挡起来,这样既能保持画面的整洁,防止磨擦,又能提高作画的效率。

回　铅笔

　　是素描画法中最常用的工具。铅笔芯的粗细和硬度的种类很多，不同硬度的铅笔能画出不同性质的线条，从最纤细的到最粗犷的。用铅笔画的建筑画既能表现最精细的局部，也能描绘出最粗犷的整体。其明暗色调过渡相当细腻，完成之后的画无需干燥时间，修改也很方便。在所有的单色绘画工具中，铅笔的用途最广，用铅笔绘制效果图，适合选择水彩纸、素描纸、铅画纸等有一定纤维、肌理的纸张。

回　钢笔、针管笔

　　线条严谨、准确、灵活、肯定。钢笔画不像铅笔，可以把明暗关系表现得很细腻，明暗过渡得很柔和，但它的线条非常结实且流畅。用钢笔作画时，误笔之处不宜修改，所以作画之前要有充分的准备，作图时也要非常地谨慎。作图开始时应先用铅笔轻轻勾画出建筑的大体概貌，以便下一步用钢笔准确地刻画。钢笔、针管笔效果图的特点是利用线和线的排列组合、点与点的疏密来表现形体的明暗、虚实；使用钢笔、针管笔作画时尽可能选择绘图纸、白卡纸等质地较细腻的纸张，而针笔的型号可根据所要表现的内容和图幅尺度的要求进行选择。采用辅助工具绘制的针笔技法，具有规整、挺拔、干净、利落等特点，而徒手表现则会取得自由、流畅、活泼、生动的效果。

 素描表现技法实战经验

▶▶ 根据物体的不同材质采用不同的线型，表现物体的质感。

▶▶ 按照空间界面的转折和形象结构关系，安排线的方向和疏密关系的变化，表现物体的空间感、体积感。

▶▶ 利用光影的特殊效果，表现物体的立体感。

▶▶ 严格把握画面的黑白灰关系，切忌使画面缺少层次，而显得太平淡。

☞　　　　　　　　　小贴士

■ 有一个非常行之有效的办法就是，我们可选择一些自己感兴趣的，而且构图良好的建筑或室内空间的照片，将它以不同的素描方式表现出来，这样我们的技巧会得到切实有效的训练，效果是显而易见的！当然，无论采取何种方式去表现，我们都要通过大量线的粗细、曲直、疏密和组合的练习，最终才能达到运用自如的目的，并取得良好的表现效果。

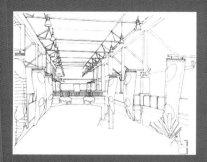

✎ 针管笔线描表现步骤图

步骤1(图1)：先将空间的大致结构、透视绘制在纸面上；

步骤2(图2)：将空间的前后关系交待清楚；

步骤3(图3)：在前面的基础上，完善构图，适当增加配景；

步骤4(图4)：利用线条的疏密来处理画面的黑白灰关系，与空间层次。

参考作业

选择一幅自己感兴趣的、表达建筑或室内空间的图片，像下面的练习一样，以纯粹的线条将它们表现出来，以此训练对于画面的概括能力以及对构图的黑白灰关系的处理。

起居室表现图　　[张芳芳 绘]

这是一组线描练习：我们可以将彩色照片（图1）处理成黑白照片（图2）帮助我们提炼画面的明暗关系，然后据此将其以线描的形式表现出来。

左图　建筑外观线描淡彩表现图　　　　右图　建筑外观表现图

二. 线描淡彩表现技法

　　针管笔淡彩是以针管笔为主，颜色为辅的一种效果图表现技法。区别于其他表现技法的主要特征为施色更为简捷、单纯，而且大多只是起强调气氛和划分区域的作用。因为针管笔部分已完成得很充分，无需用太多的色彩去塑造形体和空间。

1. 技法介绍

　　针管笔淡彩使用的色彩一般以透明或半透明的颜料为首选，但它的应用不似水彩技法那般注重施色技巧，比如表现光影、色调、质感、冷暖等，它对针管笔稿的要求比其他技法更为严格，针管笔淡彩技法基本上就是在一张完整的针管笔画上略施色彩。应该选择吸水量大、弹性好的毛笔和尼龙笔，画纸则要求选择吸水性适中的白纸或浅色纸。由于线描淡彩表现技法的特点就是要求颜色的透明性好，不会对线稿有覆盖作用，所以它对钢笔或针笔稿的效果有很强的依赖性。不仅要求针笔线稿轮廓

线清晰、准确，同时也要表现出物体质感和立体光影的效果。这样在上色时就像给一幅黑白画着色一样，颜色简练，效果突出。透明水色不易反复修改，因此常结合水粉进行渲染。对于初学者来说应通过反复练习，摸索和掌握这种颜料的性能和特点。针管笔淡彩中的色彩运用只是作为一种符号点缀或加强画面效果，大多只需平涂即可。

　　　　　　　　　　　　　　　小贴士

■ 针管笔淡彩拥有一种速写的气质，具体特点是轻松、活泼。因此重点突出快捷性，更适合当代人生活的快节奏。它既可以成为正式渲染图之前的草图，亦可作为一种独立的表现形式存在于众多的表现技法之中。

2. 材料工具

　　线描淡彩中的色彩可选择水彩、水粉以及水溶性铅笔等其他颜料。在使用水彩、水粉等有着半覆盖力和覆盖力极强的颜色时，应该注意尽可能不去破坏它的针管笔稿，施色要简单、概括。针管笔淡彩中的淡彩，并非色彩运用中的浓淡，或单纯指某种颜料，而应理解为使用色彩时的概括与简捷。它有些神似于国画中一片水墨中点缀的丹青，相比之下，水溶铅笔在针管笔淡彩中的应用就简单多了，因为这是一种相对比较简捷易掌握的工具。只要选择一种或几种色彩，作为符号轻松施于图中所要表现与强调的物体之上就可以达到一种很好的效果了。

下图　建筑外观线描淡彩表现图　　　　右图　古典建筑水彩渲染表现图

👁 线描淡彩表现的实战经验

▶▶ 淡彩的渲染一般由浅渐深，由上至下，特殊情况也可由下至上。

▶▶ 地面在图中占较大比重时，则应先从地面开始，再画墙面最后画天花。因为地面颜色控制着整个画面的色调，同时也决定着墙面和天花板的颜色。

▶▶ 淡彩的着色一般一遍完成，局部调整可作两至三遍渲染，分层次进行，但叠加的层次不宜过多，否则色彩会变脏、变灰，所以要注意不可反复涂改。

参考作业　采用平涂或渲染的方法，将水彩运用于一幅针管笔画好的线稿之上。

三. 彩色铅笔表现技法

彩色铅笔是建筑画常用的作画工具之一，它有使用简单方便、色彩稳定、容易控制的优点，常常用来画建筑草图，平面、立面的彩色示意图和一些初步的建筑设计方案图。但是，彩色铅笔一般不会用来绘制展示性较强的建筑画和画幅比较大的建筑画。彩色铅笔的不足之处是色彩不够紧密，不易画得比较浓重并且不宜大面积涂色。当然，如果能够运用得当的话，彩色铅笔建筑画是别有韵味的。

1. 材料工具

彩色铅笔的品种很多，一般有6色、12色、24色、36色、甚至72色一盒装的彩色铅笔，我们在使用的过程中必然会遇到如何选择的问题。一般来说以含蜡较少、质地细腻的彩色铅笔为上品，含蜡多的彩色铅笔不易画出鲜丽的色彩，容易"打滑"，而且不能画出丰富的层次，除非为了追求特殊效果可以例外考虑。另外，水溶性的彩色铅笔，亦是一种很容易控制的色彩表现工具，可以结合水的渲染，画出一些特殊的效果。彩色铅笔不宜用光滑的纸张作画，一般用铅画纸、水彩纸等不十分光滑、有一些表面纹理的纸张作画比较好。不同的纸张亦可创造出不同的艺术效果。作者可以多做一些小实验，在实际操作过程中积累经验，这样就可以做到随心

小贴士

■ 市面上较好使用的彩铅品牌有：日本的樱花、德国的辉柏嘉（FABER-CASTELL）、施德劳（STAEDTLER）、天鹅（STABILO）、台湾的利百代（LIBARTY）等，这都是一些很著名的绘画工具生产商，它们的品质都有一定的保障，选择好的工具当然能够使我们在操作的过程中事半功倍。

图1 住宅区绿地
图2 公寓外观表现图
图3 住宅俯视图
[图片提供：上海汉望图像制作有限公司]
图4 建筑外观

图1 这幅景观表现图中，根据需要，色彩大面积地以各种不同层次的绿依次表现空间的远近，再夹杂小面积的补色红点缀其中，以免使画面流于平淡，利用色彩的对比来活跃画面的色彩气氛。

图4 在这幅画面中作者充分利用彩铅的笔触特点，在处理天空背景与建筑物的关系上起到了很好的互相衬托的作用，表现天空的笔触粗犷、表现建筑的笔触细腻，在色彩的处理上因有蓝色与橙色的补色关系而显得非常的明快。

2

所欲，得心应手了。尽管彩色铅笔可供选择的余地很大，但在作画过程中，总是免不了要进行混色，以调出所需的色彩。彩色铅笔的混色主要是靠不同色彩的铅笔叠加混色的，反复叠加可以画出丰富微妙的色彩。

👁 彩色铅笔表现的实战经验

▶▶ 使用彩色铅笔表现，应尽可能选择质地细腻、含蜡少的彩铅，这样使用起来容易上色较为省力，在处理画面色彩关系上可能不会像水彩表现那么空灵、色彩透亮，也不会像水粉表现那样，塑造出的形体逼真、细腻，自有其特色，在表现过程中要充分考虑彩铅的特点。

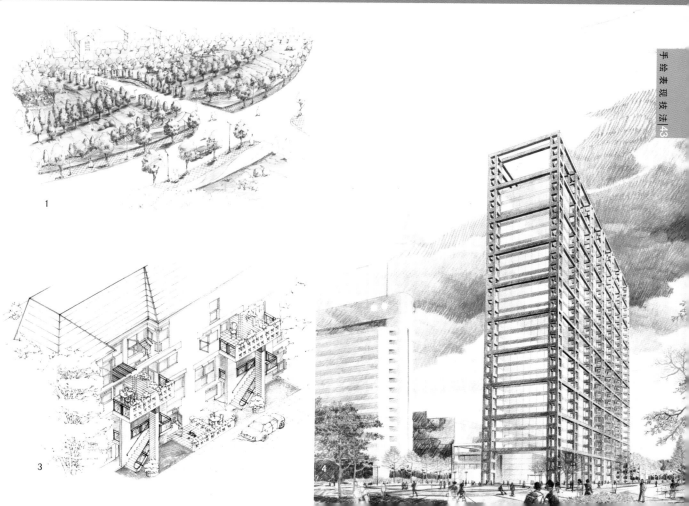

1

3

4

2. 技法介绍

　　彩色铅笔在作画时，使用方法同普通素描铅笔一样，易于掌握，但彩色铅笔的笔法从容、独特，可利用颜色叠加，产生丰富的色彩变化，具有较强的艺术表现力和感染力。

　　彩色铅笔有两种表现形式：

　　一种是在针管笔墨线稿的基础上，直接用彩色铅笔上色，着色的规律，由浅渐深，用笔要有轻、重、缓、急的变化；

　　另一种是与以水为溶剂的颜料相结合，利用它的覆盖特性，在已渲染的底子上对所要表现的内容进行更加深入、细致的刻画。

✎ 彩铅表现步骤图

步骤1（图1）

　　选择合适的视点，合理构图，将透视准确地绘制在图纸上，一般来说，我们通常表现一个室内空间的三个面来强调空间的围合感，将空间的架构表现出来后，再在其中根据需要点缀人物与植物，以此烘托气氛。

步骤2（图2）

　　在步骤1的基础上，制定主要光源的照射方向，使用素描铅笔将空间的明暗关系表现出来，因彩色铅笔的线条不够紧密而不易表现画面的黑白灰关系，所以这个步骤很关键。

步骤3（图3）

　　最后在素描稿的基础上，用彩色铅笔来丰富和强调形体以生成不同层次的光影变化与和谐的色彩关系。

由于彩色铅笔运用简便，表现快捷，也可作为色彩草图的首选工具。

 有色纸彩铅表现步骤图

这是一组表现夜景灯光的服装店外立面效果图。

步骤1（图1）

在墨线稿的基础上，将建筑的沿街展示部分先淡淡上色，因夜晚室外较暗恰好利用有色纸的底色，衬托室内明亮温暖的光源。

步骤2（图2）

将建筑二三层的室内光线主次设计好，并根据空间距离，而有所区别地上色。

步骤3（图3）

刻画且完善细部，点缀几个光源，并且表现出建筑外立面上对室内灯光的反射，利用室外行人的逆光与室内的明亮光线形成反差与对比，以此强调光感与空间感。

厦门邮政电讯大楼方案
[迈克尔·格雷夫斯]

格雷夫斯总是在设计过程中发挥自己的绘画天赋，以色彩语言的魅力加强建筑的表现力，图为彩铅描绘在有色纸上的建筑外立面，以色彩强调建筑的不同构成元素。

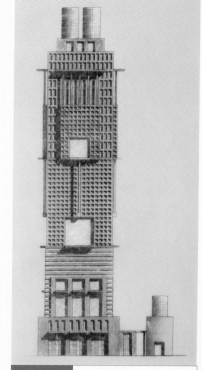

参考作业

使用彩色铅笔在针管笔墨线稿的基础上绘制效果图，在绘制的过程中尤其要注意画面的明暗关系，因此在线稿的基础上，要先将空间的明暗表现出来。

四. 水彩表现技法

水彩是以水为媒介，调和专门的水彩颜料，进行艺术创作的绘画。水彩表现是建筑画法中的传统技法，是很多世界著名设计大师所热衷的表现方法，因为它有着别的画种所无法比拟的奇妙效果，具有明快、湿润、水色交融的独特艺术魅力。掌握水彩表现技法的关键，在于把握好它的用水，这是水彩画技法的灵魂。

1. 材料工具

▣ 颜料

市场上可以买到专用的水彩颜料，其特点是颗粒细腻，粉质较少、稀、较透明。因在作画中有时需要修改，所以还需备一些水粉颜料。照相色、透明水色因非常纯净鲜亮，所以一些高明度材料需要用照相色。

▣ 笔

大面积渲染时 可使用底纹笔，大、中等尺寸都可备一支。立面平涂，需要使用非常整

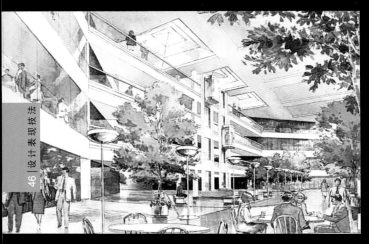

上图　共享空间室内表现图

上图　室内表现图

上图　建筑外观表现图

上图　体育场鸟瞰表现图

46 | 设计表现技法

本的扁半毛，最好采用尼龙笔。细部刻画阶段
还需准备几支细毛笔、拉线笔、叶筋笔等。

纸

纸是水彩画的关键，所以要选择质地好的水彩纸。

此外还需备有调色盒、笔洗等。

表现特性

水彩颜色的渗透力强、覆盖力弱，所以叠加次数不宜过多，一般两遍，最多三遍。同时混入的颜色种类也不能太多，以防止画面色彩

要选择质地好的水彩纸。比如：英国的瓦特曼（Whatman）、山度士（Sanders）、阿奇士（Arches）、法国的康颂，保定的优质手工纸等。

市场上较好的水彩颜料有上海的马利、天津的温莎·牛顿、日本的樱花以及英国、德国的一些品牌，荷兰的泰伦斯（TALENS）水彩系列品质也很出色，有块状水彩、液体水彩，可根据各人不同的需要进行选择。

有些品牌还专为水彩画生产了水彩定画液，用来保持画面色彩的永久亮丽。

48 | 设计表现技法

图1　公园景观表现图 [李詠絮 绘]
图2　小住宅外观表现图
图3　景观表现图
图4　室内表现图
　　画面干、湿画法结合，运用
得很出色，地面与顶棚的处理，笔
触相互透叠，烘托出室内空间的远
近层次。笔法生动灵活，色彩氛围
活跃。

污浊。它既可利用针管笔稿做底稿，也可以充分利用自身的色彩特性独立地表现物体。

　　水彩着色的方法也是由浅至深、由淡至浓逐渐加重，分层次一遍遍叠加完成的。由于具体着色时，画面浅色区域画法一般为高光处留白，以用水的多少控制颜色的浓度。当然，这只是水彩表现的一般规律，具体情况还是要根据实际作图要求来决定的。

　　水彩表现技法需要用吸水性较好及一些具有表面肌理的纸张，这样才不容易使画纸变形，影响画面效果。

　　小贴士

■　不要陷入对字面意思的误解，干画法不是说尽量用很少的水，而是在前一遍色彩干透后再上后一种色，它不会像湿画法那样出现很多笔触或水渍。

3. 常用技法介绍：

▤ 干画法

在水彩的众多技法中，干画法是最基本的、最主要的方法之一，几乎每张水彩作品都会不同程度地运用干画法。人们对干画法有一个理解误区，以为就是少用水的意思，其实正确的方法是：色块相加，须在前一色块干透后再加下一遍色。

▤ 湿画法

是水彩画最典型的技法，能够充分发挥水彩的性能，表现效果柔和润泽，色彩迷离，很有感染力。 湿画法的基本要领是，着色在湿的状态下进行。湿画法可分为两种：一种是将纸全部打湿，在湿纸上画，用色需饱满到位，最好一气呵成，遍数不能过多，这种技法的掌握有些难度，需要一定的经验；另一种方法是，将需画的部分用笔大水分地快速铺色，在未干时，溶入其他的色彩与笔触。

建筑外观表现图

建筑外观表现图

 水彩表现的实战经验

▶▶ 浅色区域的色彩加水量较多，浓度较淡，用自身明度高的颜色画浅色，这样既可使浅色区域统一在明亮的色调中，又可以有丰富的色彩变化和清澈透明感。

▶▶ 深色区画法一般用三种以下的颜色叠加画暗部，选用自身色相较重的色彩画暗部，加大颜色的浓度，适当降低水在颜色中的含量。

▶▶ 中间色调尽可能用一些色彩饱和度较高的颜色，也就是固有色。

参考作业

在室内或室外空间透视图稿上，综合运用干画法与湿画法，训练对水分的控制，充分体现水彩的独特魅力。

室内表现图　[姜嗣波 绘]

手绘表现技法 | 49

五. 水粉表现技法

水粉画法是采用水粉颜料，运用水粉画特有的技法绘制建筑画的方法。水粉画表现力强，艺术效果好，工具材料简便，是建筑画中一种十分常见的表现方法。水粉画兼有水彩的淋漓轻快感和油画的层叠厚重感，可以干画，亦可湿画；可以透叠，亦可覆盖，技法运用的宽容度很大。所以，运用得当，其表现力是非常强的。绘制建筑画时，运用的水粉画技巧与一般的水粉画技巧基本相同，只是在制作中比较严谨一些而已。

上图 小住宅外观表现图

此幅作品的最大特色之一就是用笔非常洒脱，并且利用有色纸的底色衬托将建筑物的墙面提亮，同时背景的用笔与建筑主体的处理起到了很好的反衬作用。

右图 海港鸟瞰图

1. 材料工具

▣ 纸张

水粉画可以运用的纸张品种很多，常用的有铅画纸、卡纸、有色卡纸、复印纸（需装裱）等等，有一定的厚度和紧密度即可，不宜采用太薄或太松的纸张画水粉画，以防变形。

▣ 笔

水粉画有专用的水粉笔，但是市场上的国产专用水粉笔质量很差。如果画写生水粉画，因其可以画得比较松动豪放，所以还可以将就使用，但用来画建筑画就有不便之处了，最好使用进口水粉笔、尼龙笔，这些笔毛质比较好，能饱吸墨彩，又比较坚挺，是十分理想的水粉表现画笔。大面积刷色可用各种底纹笔，细小部分可用细毛笔或细尖的水彩笔。

▣ 颜料

水粉颜料、宣传色、广告色都是水粉画的作画颜料。国产颜料质量虽不十分理想，但使用也无大碍。当然，如有条件用进口颜料效果会更理想一些，荷兰的泰伦斯有一种

图1　剧院室内表现图
图2　车站外观表现图
图3　建筑入口空间表现图
图4　建筑群鸟瞰表现图

不透明水彩颜料（OPAQUE WATERCOLOUR）系列，类似我们的水粉，质量就很不错。

▤ 特殊的工具

另有一些特殊工具，如槽尺、桥尺、遮挡纸等等。槽尺和桥尺是用来划线的，这些尺都可自制的。槽尺是在塑料尺上刻划一条沟线，作为支撑笔的滑槽。桥尺是用螺丝、螺帽等，支撑住尺具，这样即使颜色未干也可以画线。遮挡纸是用来界定边线用的，是一种方便有效的手段，而且边线可以随意刻划。遮挡纸一般有喷绘专用遮挡纸，也可用3M低粘度胶带。

👁 水粉表现实战经验

▶▶ 有色纸的合理利用会为画面增色不少，有色纸可以统一画面的色调，同时还要考虑画面的明暗层次，关键部位如受光面或高光处的提亮处理等等，都会带来不错的效果。

▶▶ 在调色的过程中，切勿将太多的颜色调到一块，这样一来颜色会变得很脏，一般来说超过三种色的混合色就会显得灰且脏。

2. 技法介绍

水粉是一种覆盖力很强的颜料，由于它的不透明性，画面着色前一般不需要用针管笔画线稿，也没有必要画太详细的铅笔稿，只需用铅笔画出简单的透视及轮廓即可。

水粉颜色有很强的塑造能力。虽然也是用水来调和，但却是依赖向色彩中添加深色或浅色来调整明度关系，所以，对用水量的控制以及加色的技巧要求很高，加水太多，色块不易涂均匀；加水太少则干涩、拉不开笔(特殊质感表现除外)。颜色的运用过程中最好不要用太多的白色来调整画面的明度，加白粉太多画面易粉气。浅色部分可直接利用色彩自身的明度，或用浅色相的颜色加以调和，颜色尽量一步到位，避免厚重要轻薄透气。同样道理，尽可能避免用纯黑来降低画面的色调，可以用深红、深褐、深蓝、深绿等带有色彩倾向的重色的混合运用来表现画面的暗部，水粉技法中应注意暗部色彩最好一遍完成，反复涂抹容易使暗部色彩失去透气感，使画面的暗部色彩变脏。

图1 建筑入口表现图
水粉表现具有很强的塑造力，此图中将建筑外立面的玻璃幕墙的质感与反光表现得相当逼真。

图2 建筑环境表现图

图3 建筑外观表现图

天空的色彩轻、薄、透、水分较多，在颜色未干之际就掺进另一色彩，两者可以互相渗透、融合。

建筑物的整体色彩从上往下渐变，塑造结实的体块。

远处的建筑物使用大笔触将建筑的大的块面概括表现出来，加强空间感与空间层次。

画面底部色彩较重，起到了平衡画面重心的作用，离视点较近的细部刻画得很详细，强调了作者的空间意识。

相比较天空用笔的轻松随意，地面的处理显得非常地挺括干脆，颜色使用也较为厚重，水分也少。

 小贴士

■ 初学者使用水粉颜色画图时最难掌握的是它的"变色"。水粉颜色在画面湿润时所呈现出来的强烈明暗关系，在画面干透后可能就会变得很"灰"，所以着色时应充分考虑到这个因素，留出干后色彩变化的余量。

■ 现代效果图表现技法中更多的是利用水粉的覆盖能力，大面积地提色和做高光处理。另外也可利用水粉干画时的特殊效果，表现一些质地特殊物体的质感，比如毛绒绒的地毯、粗糙的毛石及树皮等等。

 参考作业

使用水粉表现画面，注意对水分的掌握，要将厚画法与薄画法结合起来，达到丰富而有层次的画面效果。

上图　酒店餐厅表现图
[图片提供：上海汉望图像制作有限公司]

下图　马克笔建筑表现图
[李咏絮　绘]

六. 马克笔表现技法

随着现代设计的发展，对时间和数量的要求也越来越高。马克笔被普遍地认为是一种快速而有效的绘图工具。因为它具有色彩亮丽、透明度好、快干等特点。然而怎样充分而有效地使用它呢？这才是我们需要研究和掌握的。作为传达感官信息的表现图，它对作者的观念，及其被描绘物体的形态塑造、质感、色彩等的把握和表现上都有极高的要求，因此我们只有从其本身特有的个性入手，才能做到使用时得心应手、挥洒自如。

1. 材料工具

　　马克笔的品种很多，其笔头呈方形和圆锥形，方形适于大面积上色，圆锥适于细部着色，大多数纸张都适合马克笔的运用，且不同的纸张在着色后会产生不同的效果，但因其挥发性与渗透性很强，一般来说，我们在使用马克笔时，不宜选用吸水性过强的纸张，而应选择一些纸质结实、表面光洁的纸张作画，比如马克笔专用纸、白卡纸、硫酸纸，因为不吸水的光面纸更能体现马克笔的色彩原貌与魅力。

上图　马克笔景观表现图　　[李詠絮　绘]

下图　建筑外观表现图　　右图　　酒店大堂室内表现图
[图片提供：上海汉望图像制作有限公司]

☞　　小贴士

■　市面上的马克笔品牌较好的选择是：如日本的日金（YOKEN）、德国的天鹅（STABILO）、韩国的回忆（MEMORY）等，其中以日本产的美辉（MARVY）比较实惠。马克笔是一种挥发性很快的彩笔，有水性、油性、酒精性之分，它们各有不同的特性，水性马克笔最为常用，其具有不易渗透，但也不易覆盖的特点；油性马克笔，易渗透，但易覆盖；酒精性的则具有不易渗透但却又易覆盖的特点。当然，这还要取决于所使用的纸张。

2. 技法介绍

马克笔表现具有快干、不需要用水调和、着色简便、绘制速度快等特点，具有较强的时代感和艺术表现力，常使用于快速表现图中。马克笔的笔头是毡制的，有独特的笔触效果，在作画时，要充分利用这种干净利落的特点。马克笔色彩透明、种类繁多，再加上通过色彩的叠加更可以取得丰富的色彩变化，在绘图过程中这将给予我们相当的便利。

马克笔有两种表现形式：

▣ 一种是在针管笔墨线稿的基础上，直接用马克笔上色，由于马克笔绘出的色彩不便于修改，着色过程中需要注意着色的规律，一般是先着浅色，后着深色。

马克笔景观表现图步骤

步骤1

在墨线稿的基础上，由深色着手，从景观的远处开始往近处画，根据需要可以适当地借助彩铅或其他工具结合绘制。

步骤2

着重刻画前景，描绘出水面上的倒影。

步骤3

完善细部时，甚至可以将前景中水面的涟漪也表现出来，体现出空间的层次。

另一种是与其他色彩工具相结合，比如马克笔与彩色铅笔结合，与水彩、水粉结合，都是行之有效的表现手段。

图1 公园景观表现图 [李詠絮 绘]　　图5 景观表现图
图2 住宅区景观表现图　　　　　　　图6 酒吧室内表现图
图3 住宅小区绿地景观　　　　　[图片提供：上海汉望图像制作有限公司]
图4 住宅区林荫道景观表现图

参考作业

在墨线稿的基础上，使用马克笔表现对象，并且，还要在不同的纸张上反复练习，以此掌握马克笔的特性。

七. 喷绘表现技法

喷绘是一种常用的建筑画绘制方法。随着工业技术的发展，小型喷泵和喷枪的质量都已能完全满足精致喷绘的技术要求了。喷绘的最大特点是细腻逼真，精美翔实。可以说，只要作者的技术达到一定的水准，在任何建筑材料上都可以达到超现实主义的表现效果。因此，喷绘是一种十分受欢迎的表现方法。但是，操作过程复杂，技术要求高，作画周期长。所以，一般只是在建筑设计比较成熟阶段和房产宣传时才采用这种方法绘制建筑画。

☞ 小贴士

■ 进口的喷枪品质比较好，比如：奥林帕斯(OLYMPOS日本产)、汉莎(CHANSA德国产)等，都是不错的喷枪。
■ 喷枪的清洗是喷枪保养至关重要的一个环节，一定要养成每次喷绘完成后彻底清洗的习惯。特别是用丙烯颜料喷绘，一定趁湿清洗，否则，一旦结块就很难清洗了。

上图　建筑外观表现图
图面在夜景光影的处理上，充分发挥了喷绘的特点，将建筑透射的光影过渡得十分细腻。

左图　室内表现图
将渲染与喷绘结合起来的画面，虽然势必不如其他表现手法那般会出现笔触或一些偶发的特殊效果，但它所带给人的一种整洁而逼真的视觉感受也是其他技法所不能给予的，在运用喷笔做为绘图工具时，很少是单独使用的，通常都会与其他工具结合使用，为的就是避免过多使用喷枪会使画面显得呆板而缺乏生气，在绘图的过程中要注意把握这个度。

1. 技法介绍

任何一种表现技法都有着独特的表现魅力，喷绘的表现魅力就在于细腻的层次过渡和微妙的色彩变化等方面。在运用喷绘表现环境艺术设计效果图的时候，最常见的是表现光的效果，表现在光的作用下空间和材质对光的反映，即：

☑ 中间的光环境效果，包括光照和阴影、灯光的光晕、空间虚实等。

☑ 材质对光照的反射，包括色彩层次、质感变化等。

☑ 喷绘表现材质的范围很广泛，可以比较容易地做到表现设计的真切性以及画面的协调性。

2. 材料工具

☑ 喷泵、喷枪

喷泵，一般选用小型喷泵，最好是有储气室的，这样可以有比较稳定的供气气压。在出气口安装一个双通口，这样可以接两支喷枪，在喷绘过程中会带来不少便利。

喷枪，现在市场上喷枪品种很多，绘制建筑画一般需要两支，一支比较细小的，喷头口径为0.2mm，主要用来绘制精细部分；另一支稍大，喷头口径为0.3mm或0.4mm，用来喷绘大面积的色彩。

☑ 纸张

由于在喷绘过程中经常使用黏性遮挡纸，所以，要求用纸一定要紧密光滑，因为，一旦黏性遮挡纸将喷绘纸粘毛，会严重影响喷绘的效果。一般可选用优质白卡纸，而且在拷贝墨线稿时尽可能不要用橡皮或其他硬物揉擦纸面。现在市场上有一种专用的喷绘用纸，质地较好，因是进口纸，所以价格较贵，必要时可以选用。

右图 建筑入口表现图画面的构图形式很独特，打破了传统的规整的画面，给人耳目一新的感觉。运用喷笔作为绘图工具，画面明暗过渡得很自然细腻。

上图　建筑外观表现图
图面深具喷绘的特色，将建筑的玻璃质感表现得很通透。

左图　室内表现图
画面带给人一种整洁而逼真的视觉感受。

◙　遮挡纸

主要作用是将不需要喷色的地方遮挡起来。专用的喷绘遮挡纸，一般都是低黏度的。可以根据不同的形状任意切割，使用十分方便。有的遮挡纸的粘度很高，所以使用以前先在别的白纸上粘揭几次，以降低其黏度。另外，3M低黏度"可再贴"胶带，粘度适当，使用方便，也是可以选用的。

◙　颜料

喷绘所用的颜料主要是水粉、广告或丙烯颜料。水粉和广告颜料的特性与使用法基本相同，水粉与广告颜料本身所含粉质较多，而胶水过少，所以，有时易被遮挡纸粘掉而损坏原有的喷绘效果。因此在喷绘过程中要注意不能将水粉色调得过稀，要使颜料中保持一定量的胶黏物，也不宜局部喷色过厚，这样也易造成颜色剥离。丙烯色特性较好，不易被遮挡纸粘去颜色。特别是一些喷绘专用丙烯色，是十分理想的颜料，使用也十分方便，当为喷绘制作之首选。只是丙烯颜料干结以后就不再具有水溶性，所以使用丙烯颜料喷绘一定要及时、彻底地清洗喷枪。

主立面的窗洞，利用喷笔做了微妙的渐变处理。

建筑立面材质的不同处理，虚的花架与实的墙面的对比，透过花架的后部空间将空间的进深表达出来。

十分强烈的太阳光使建筑明暗分明，投影强烈。

哪怕细部也要注意处理，阴影中的植物与光线照射下的植物色彩是有区别的。

一块橙色在这幅蓝紫色为主基调的构图中起到重要的作用，丰富了画面的色彩关系。

图1 建筑室内表现图
图面构图形式新颖，合理地利用有色纸，着重表现从上倾泻而下的天光，喷笔的运用起到了至关重要的作用。

图2 教堂室内表现图
喷笔经常被用来表现光线的效果，因为它所带来的光晕的出色效果是其他工具很难达到的，图面使用喷绘的手法，营造出一个庄重而温暖的室内氛围。

小贴士

■ 水能载舟，也能覆舟，喷绘表现的最大特点是可以表现细腻的层次，但也因此容易使画面流于匠气，在画图过程中尤其要注意把握好这种关系。

参考作业

使用喷枪表现建筑或室内空间，在实际操作过程中，要注意把握节奏，要使色彩渐变及过渡细腻而自然。

八. 综合表现技法

　　综合表现技法，顾名思义就是各类技法的综合运用。它建立在对各种技法的深入了解和熟练掌握的基础上，其具体运作及各种技法的结合与衔接，可根据画面内容和效果，以及个人喜好和熟练程度来决定。比如，有些人习惯在水彩渲染的基础上，用水溶性彩色铅笔进行细致、深入地刻画，在高光、反光和个别需要提高明度的地方，采用水粉加以表现，利用各自颜料的性能特点和优势，使画面效果更加丰富、完美。但是"画无定式"，具体选用哪种表现技法，还是要视自己对各种技法的掌握程度来定。

左图　建筑表现图
在线描的基础上，使用水彩与彩色铅笔相结合的表现方式，画面既有水彩轻透的水渍晕染，又有彩色铅笔扎实整体的线条，两者完美的结合在一起，虚实得当，交相辉映。

右图　田园景观表现图
画面在一个明暗关系表现完整的墨线稿基础上，使用水彩与彩色铅笔相结合的方式，出色地体现了天空与建筑物的空间距离，使用水彩表现远处天空的风轻云淡，使用彩色铅笔表现近处建筑物与树木的细节刻画，同时，在近处物体塑造的表现过程中，夹杂着彩色铅笔与水彩相融合的方式，厚与薄、虚与实，层次丰富而生动。

左图　景观表现图
[图片提供：上海汉望图像制作有限公司]
画面综合运用了马克笔、彩色铅笔、水彩等绘图工具，表现了不同质地的对象，色彩明快。

右图　商业街表现图
[图片提供：上海汉望图像制作有限公司]
画面采用了针管笔、马克笔、彩色铅笔等工具，先使用针管笔细致的描绘好底稿，这样做的目的，可以避免单纯使用马克笔与彩色铅笔所会造成的塑造形体不够深入的缺陷，在完整的针管笔墨线稿的基础上，再使用马克笔与彩色铅笔，充分发挥这两种工具的优势，马克笔的色彩鲜艳、笔触利落明确，但颜色不够细腻，色块之间较难过渡；彩色铅笔色彩丰富细腻，可达到很丰富且微妙的色彩变化，但彩色铅笔较难塑造形体且色彩不够明快，两者刚好可以互相弥补不足。因此，这几种绘图工具常常会被结合起来一起使用。

上图　游泳馆室内表现图
画面使用水彩与线描相结合的方式，体现了水面、墙面及光线的不同效果与质感，空间各界面层次丰富且整体。

上图　室内表现图
此表现图使用了钢笔、水彩等工具，其最大特色是使用钢笔将画面的暗部与投影部分表现出来，这样一来可以更加强调画面整体的黑白灰关系，二来我们可以发现钢笔的线条带来一种特殊的视觉效果，它并不十分规整但却具有一种很率性的气质，深具手绘表现图的艺术魅力。

下图　景观表现图
[图片提供：上海汉望图像制作有限公司]
画面在细致的线描基础上，综合运用了马克笔与彩色铅笔，画面颜色兼具马克笔的鲜艳明快与水彩的清新淡雅。

左图　建筑夜景表现图

画面综合运用了水彩、水粉、喷笔等作画工具，画面色彩绚丽，同时颜色厚薄运用得当，空间感明确，主次分明。

右图　建筑日景表现图

下图　景观表现图

[图片提供：上海汉望图像制作有限公司]

左图　写字楼大厅室内效果图
此图综合使用了水彩、水粉、喷笔、渲染等方法，表现了一个光线明亮、色调淡雅的空间环境。

上图　建筑外观表现图

下图　景观表现图
[图片提供：上海汉望图像制作有限公司]

 小贴士

■ 综合表现技法，可能会更侧重于某种工具，或以某种工具为主，其他工具为辅，这样表现出来的效果容易把握整体感。

参考作业

在水彩渲染稿的基础上，使用水溶性彩色铅笔对细部进行刻画，在一些需要提高明度的地方，采用水粉加以表现，利用各自颜料的性能特点和优势，使画面效果更加丰富、完美。

起居室表现图　[张芳芳　绘]
上图是一组线描作业，作者将彩色照片处理成黑白照片，来帮助提炼画面的明暗关系，然后将其以线描的形式表现出来。

图1　水彩+马克笔室内效果图
　　　[张乐乐　绘]

图2　景观表现图
　　　[吴昱　绘]

下图　彩铅室内效果图
　　　[顾济荣　绘]

1

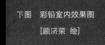

2

图3　景观表现图 [徐璐　绘]
画面整体色调明快，中间有一些小面积的色块对比，比如橙色与蓝色，增加了色彩的跳跃感。

3

手绘表现技法 67

手绘表现技法创新精选

　　前面介绍的是一些常见的手绘表现技法，在此基础上还可以派生和发展出各种表现手法，并可结合艺术和科技手段做出新的探索与创新。值得注意的是，设计效果图表现的是一种观念，是作者内心设计意念的外在表现，而不仅仅是一种程式化的表达，需要因设计物而异，因设计风格而异，因设计师而异。下面介绍一些运用各种不同风格、不同媒介和技法手工绘制的效果图优秀作品。

左图：
"祖先塔"（Ancestral Tower）效果图 [Heinz Birg 绘] 运用彩色铅笔绘制出带有梦境般意念的情景，颇有印象派画风。

下图：
伦敦 Stratford East 设计项目 "欢乐宫" 效果图 [Cedric Price 绘] 黑白实景照片上用树胶水彩颜料及粉笔绘制。真实场景与方案构思的巧妙结合。

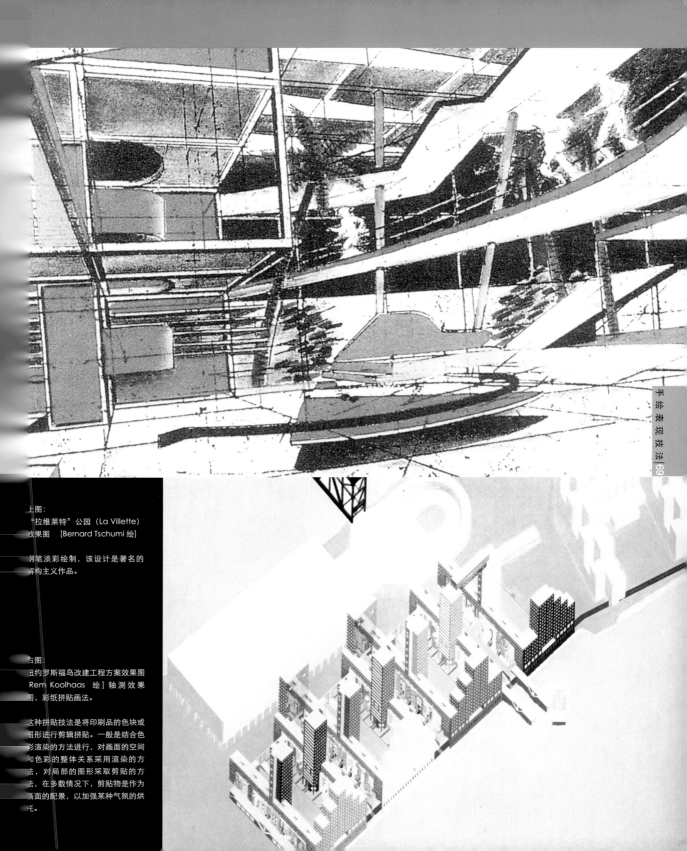

上图：
"拉维莱特"公园（La Villette）
效果图 [Bernard Tschumi 绘]

钢笔淡彩绘制，该设计是著名的
解构主义作品。

右图：
纽约罗斯福岛改建工程方案效果图
Rem Koolhaas 绘] 轴测效果
图，彩纸拼贴画法。

这种拼贴技法是将印刷品的色块或
图形进行剪辑拼贴。一般是结合色
彩渲染的方法进行，对画面的空间
和色彩的整体关系采用渲染的方
法，对局部的图形采取剪贴的方
法，在多数情况下，剪贴物是作为
画面的配景，以加强某种气氛的烘
托。

上图:
"被染绿的曼哈顿"（Greened Manhattan）效果图［James Wines 绘］运用水彩绘制，采用类似点彩派绘画的方式，描绘出到处充满绿意的生态城市的景象，同样颇有印象派画风。该画被作者比喻为"诙谐曲"。

右图:
"2000米摩天高楼城"效果图［Robert Gabriel 绘］色卡上运用水彩绘制，三点透视增强高耸入云的视觉效果。

左上图：
时代广场Times Square 实景表现图
[Gerd Winner绘]
运用丝网印刷技术印刷绘制。表现出城市中
特有的光感、动感和繁华景象。

上图：
圣经巴别塔（The Tower of Babel）表现图
[Nils Ole Lund 绘]
采用抽象拼贴画法，即用报纸、照片、布、
压平的花等碎片拼合而成。

左图：
东京城外海面上的"金字塔城"设计效果图
喷绘+水粉+照片合成，用写实手法去表现
未来的建筑场景。

环 境 设 计 表 现
PRESENTATION OF ENVIRONMENTAL DESIGN

第四章　环境设计表现

一. 建筑效果图表现技法

　　建筑效果图的表现，首先是建筑造型的确立。造型独特、风格显著的建筑形体，能为效果图的表现打下良好的基础。其次，透视与角度的选择也是相当重要的。优美的建筑造型必须在符合规划设计的基础上，选择最佳的角度。最佳角度离不开视点、视距和视高三个因素。我们经常发现有许多作画者，由于选择不好最佳角度，而影响了画面的构图，这一点应当引起大家的高度重视。

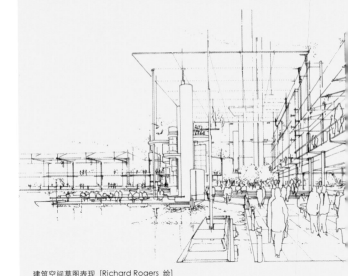

建筑空间草图表现 [Richard Rogers 绘]

建筑效果图 钢笔水彩画 [Douglas E. Jamieson 绘]

鸟瞰效果图——视点远高于屋面，俯视角度较大 [Douglas E. Jamieson 绘]

鸟瞰效果图——视点略高于屋面，俯视角度较小

鸟瞰效果图——视点略低于屋面，俯视角度极小，接近于平视
[坂井田优芙 绘]

实战演练分解 ▶ 小型商业建筑效果图渲染步骤

1 步骤一　钢笔线框图

2 步骤二　蒙上草图纸用铅笔描绘明暗关系，作为上彩前基调示范

4 步骤四　建筑主体刻画

3 步骤三　建筑主体上淡彩

5 步骤五　配景刻画及总体修整，完稿

明暗在建筑形体与结构的表现中，发挥着重要的作用。在效果图的表现中，首先要确立好主光源。光源确立后，建筑形体与结构通过明暗关系，就可以衬托出来。

另外，在建筑形体暗部用色上常常会出现问题。例如，色彩过脏、过死，暗部材料色彩的表现与亮部材料色彩的表现不统一。暗部色彩的深浅应慎重把握，浅了，画面对比不强烈，体积感不强；深了，画面感觉死板、不透气。明暗对表现空间也同样很重要，画面的整体效果取决于明暗的整体效果。解决这些问题的办法，就是要加强绘画色彩的训练与研究，提高对色彩的分析能力和运用能力。

左上图：色卡上水粉表现 [辻本达广 绘]

右上图：水彩喷绘效果图
[山贺孝裕 绘]

左下图：建筑设计立面表现图

右下图：钢笔淡彩渲染表现

铅笔素描表现

钢笔水彩表现

色卡水粉表现

Ravelais

ITALIAN RENAISSANCE
GRANDE

水粉+彩色铅笔表现

[上组图]同一幅图的不同表现方
式。根据不同的情景与要求，设
置工具与表现方式。

[下组图]各类型别墅设计立面效
果图的不同表现方式。

综合画法的夜景效果图

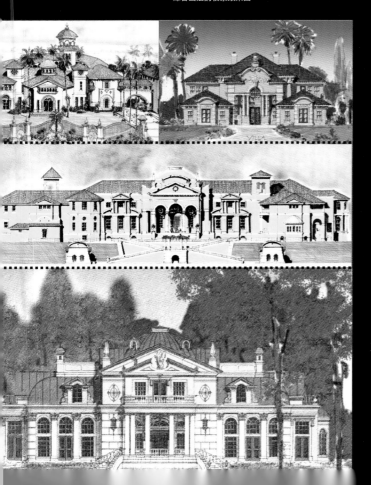

建筑效果图实战经验

▶▶ 建筑透视效果图上主要建筑物所占的面积通常约为纸面的1/3。建筑物的设置，其地面的面积应小于天空的空间，这样才有稳重感。

▶▶ 建筑物左右应留空间，增添配景，充实画面。

▶▶ 建筑效果图上天空面积若太大、空白显得太多时，可以绘出较近的树叶填补。

▶▶ 建筑效果图中的前景、建筑物和背景三部分，要用不同明度的对比来区分，才可使前后有深度感，突出建筑物。

▶▶ 建筑物本身的线条应详细刻画，其他则可简单描绘。

▶▶ 建筑效果图上可绘出远近不同的树，来增加画面的深度及大小比例感。

▶▶ 建筑效果图中的配景：人物、树木和汽车可以使画面由呆板转为活泼生动，有深度感，并能清楚地识别建筑物的大小比例。

左图：马来西亚 Kuala Lumpur 大厦
[Cesar Pelli 设计] 电脑透视+水粉喷绘

☞　　　小贴士

如何表现天空？

■ 从表现形式来分，天空的表现形式有写实画法和装饰性画法两种。

■ 写实画法比较注重对天空景色的客观描绘，如云彩、朝霞或黄昏色彩的变化等。在表现这类比较写实的天空时，应当注意不同时间、不同季节的色彩变化，而且要有无限的空间感。

■ 建筑画一般都选择夏季晴朗的万里无云的天空。表现这种天空，主要是注意画面中天空色彩的上下变化，上部色彩较深且较冷，下部色彩较浅且较暖，在表现万里无云的天空时，只要注意天空的前后左右色彩的深浅和冷暖变化即可。

■ 在表现有云彩的天空时，不仅要注意前后、左右的变化，同时还要注意由于空间的不同，近处和远处云彩的色彩变化。近处的云彩要表现出体积感，即云层的厚度。

■ 画有云的天空，在铺底色时，不宜画得太厚，应尽量用较大的底纹笔。远处的云应尽量和天空一次性完成，这样处理虚实关系较柔和；而对近处的云朵，则可适当地表现得详细些。

■ 有些建筑画在天空的表现上采用平涂的手法，云也是采用单色或两、三种色彩来平涂。这种表现手法装饰性较强，对比强烈，富有动感。

■ 对于天空的表现，无论是采用写实性还是装饰性手法，都必须注意表现手法与主体的协调和统一，不能过分地强调天空的变化而削弱主体。

上图：别墅水彩表现[ABE Rendering绘]

左图：水粉喷绘建筑表现图　　　　　上图：彩色铅笔建筑表现效果图 [梁展翔 绘]

下图：手绘建筑主体，后期电脑配景上色 [Scott Lockard 绘]

左图：建筑夜景表现 [Henry Beer 绘]

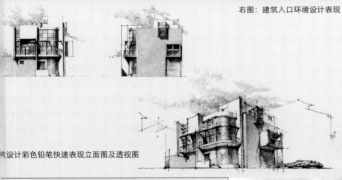

汽设计彩色铅笔快速表现立面图及透视图

右图：建筑入口环境设计表现

环境设计表现 | 81

☞ 小贴士
地面画法

■ 先用中间色调刷出底色，运笔快速有力，可留出笔触。然后用接近底色的暗色和亮色垂直画出倒影和反光，再用深色画出汽车、人物、树木等环境的投影，最后用线来统一整个色块。线可以是道路行车线、人行横道线、汽车行进轨迹等。

■ 色彩宜灰不宜纯，层次变化不宜过多；用笔要肯定，不必反复涂匀；倒影反光不要太多太强，否则如同水面。

☞ 小贴士　　玻璃幕墙画法

玻璃幕墙从材料质感来看可以分为下列两种处理方法：

一种是玻璃幕墙的外观效果完全镜面式。这时，材料的色彩特征不明显，犹如一面大镜子，它的表面所呈现的基本上是周围环境物体的颜色和形体。

画这类质感的玻璃幕墙时，首先要注意考虑玻璃与天空的色彩关系。为了突出玻璃幕墙，天空一般施以较重的颜色，而玻璃幕墙则应采用较浅的天空颜色。为了突出建筑的空间和体积，玻璃幕墙的色彩往往上部略深，下面逐步过渡到浅色，而侧面或背光的玻璃幕墙，色彩要深和冷一些。

玻璃幕墙上映衬出的云彩要与天空有所区别。对玻璃幕墙中所反映出来的周围景物，在刻画上要有整体感，不能过分追求物体的变化和细部的刻画，色彩也不能过于鲜明、强烈。

另一种是玻璃幕墙材料本身就有固有色，如蓝色、咖啡色等。在表现具有颜色的幕墙时，天空就不能画得较深，需要在明度对比和色彩冷暖上与幕墙有所区别。反映在玻璃幕墙上的周围景物，由于玻璃幕墙固有色的原因，色彩较统一，明暗对比减弱。

办公楼设计效果图 [赤坂浩司 绘]

办公楼设计效果图 [长尾惠美子 绘]

左图：建筑设计立面表现图，在卡纸上运用钢笔、淡彩及彩色铅笔。

右图：音乐厅方案效果图[Hans Scharoun 绘] 运用黄色卡纸与水彩绘制，采用类似水墨写意画及产品设计效果图的"底色法"绘制方式，突出音乐厅特殊的造型与略带神秘的环境气氛。

[建筑]技法精选及探索创新

影响建筑效果图效果的因素很多，如色调、配景、材料质感、艺术处理和表现手法等问题，这些在前面都已详细地讲解过。需要注意的是：在效果图的表现过程中，精确与仔细是至关重要的。虽然，不同的表现手法对画面有不同的要求，但一般来讲，效果图的表现还是要求比较精细的。有些作画者在表现中，颜色涂不均匀，线条也画不直，表现出的透视形体也不概括，最后给人感觉粗糙、潦草，从而影响了效果图画面的整体效果。在透视画的表现中，只有持严谨求实和精益求精的态度，才能把建筑效果图表现水平不断地提高。

建筑方案设计表现，运用铅笔、淡彩。

建筑"通往天堂的阶梯"（Stairway to Heaven）效果图[Hannsjorg Voth 绘]
描图纸上运用水粉+彩色铅笔绘制，采用平立剖面图与透视图结合的表现形式，能清晰表现建筑各面的形体关系，全方位反映建筑的特征和尺度。该画法适合于形体相对简洁，规模偏小的建筑。

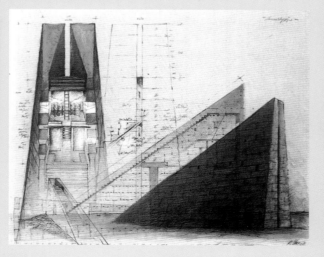

法兰克福"真实之城"（Real City）效果图之一[Peter Cook 绘]
运用钢笔水彩绘制，玻璃的绘制富有新意，与绿化形成鲜明对比，描绘出现代建筑与生态紧密结合的景象。

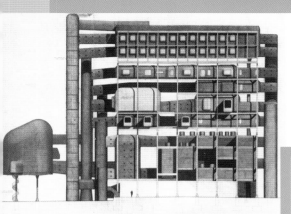

左图：英国家具制造商协会总部建筑立面表现图 [Micheal Webb 绘] 色卡纸上铅笔+墨水渲染，配以阴影及简单的人物配景。

右图：工厂建筑设计表现图 [Jakov Chernikov绘] 黑白版画透视图画法。

下组图：上海某宾馆建筑立面设计草图 [梁展翔 绘]
目前大多数实际项目都要求电脑效果图，但在交给效果图公司建模前，设计师的手绘透视草图起到非常关键的作用。右侧彩图为根据草图完成的电脑效果图。

德国LANGEN 基金会美术馆 [安藤忠雄 绘]
铅笔+彩色铅笔，用简约的画法来构思和表现简约的设计风格。

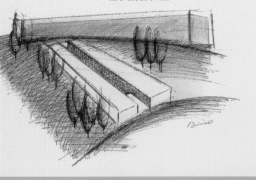

下图：纽约"行政岛"（Governors Island）方案设计平面图及效果图
[Michael Sorkin Studio 绘] 钢笔+彩色铅笔绘制。
对于这种概念性很强的建筑设计方案，采用传统的写实技法往往会弄巧成拙，倒不如运用抽象和写意的表现手法去诠释，反而能增添回味的余地和空间。

图：
国 Tour de l'infini
天大楼方案设计
视图
ean Nouvel &
nn Kersale 设计]
卡上运用蜡笔+水绘制，虽然表现北较概略，但仍有强烈的视觉冲力。

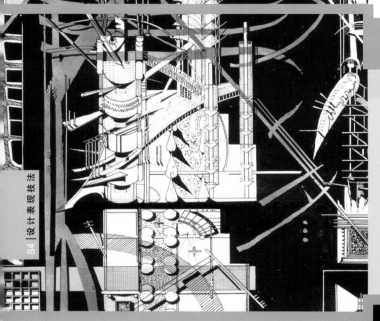

左图:
Yokohama吉他专卖店方案效果图 [Neil Spiller 绘] 将平面图、立面图、轴测图结合在设计表现图中,并融入了吉他的抽象形象和商店的 logo 标志,组合成一幅极有平面构成冲击力的表现图。

右图:
设计项目"Plug-In-City"剖立面表现图 [Peter Cook绘]色卡上采用彩墨填色技法。在清楚表达空间关系的同时,使画面具有较强的平面装饰效果。画面右侧与下沿注明辅助标尺,作为空间尺度的衡量参考坐标,具有严谨规范的图面效果。

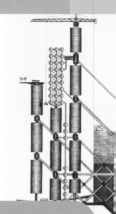

[建筑]技法精选及探索创新

👁 效果图技法定位方略

▶▶ 定位方略1——设计风格。
典型的设计风格往往与典型的表现方式同时出现,所以在效果图技法定位的时候要要服从设计风格的要求,并且以突出展现该设计风格为主要目的。

▶▶ 定位方略2——设计物的性质。
设计物的性质千差万别,比如学校建筑与商业建筑,行政建筑与娱乐建筑等,其效果图表现形式必定会有较大的区别。切不可盲目追求某种风格而忽略了设计物的性质,否则将会造成张冠李戴。

84 | 设计表现技法

柏林设计项目Way Out West剖面表现图 [Peter Cook绘]

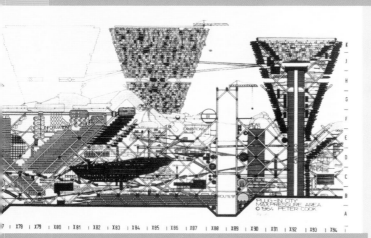

X78 | X79 | X80 | X81 | X82 | X83 | X84 | X85 | X86 | X87 | X88 | X89 | X90 | X91 | X92 | X93 | X94

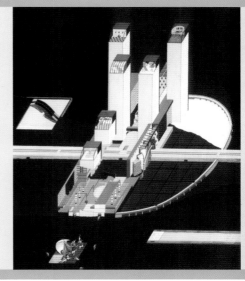

右图：
纽约罗斯福岛"福利宫"酒店方案效果图[Rem Koolhaas 绘]轴测效果图，彩纸拼贴画法。这种拼贴技法是将印刷品的色块或图形进行剪辑拼贴。

▶▶ 定位方略3——设计师个人风格。
著名的设计大师一般都有强烈而鲜明的个人风格。摸索并创造出独具个人风格的表现形式尤为重要。

▶▶ 定位方略4——设计作品突出的闪光点。
如果能在表现图中充分凸显设计作品中最具特色的闪光点，那么就能使表现图与作品之间的关系更为紧密，更能在设计上留给观众以深刻的印象。

下图：日本冈山县青年会议中心效果图[水户冈锐治 绘]采用"透明色纸拼贴技法"绘制。这种拼贴技法是按照图形的要求剪切成不同形状进行拼贴，用透明色纸取代颜料渲染。该方法实际上是用各种平整的色块来组装不同色彩的物体和不同面向的形态。由于透明色纸的色相比较饱和，色彩平整、纯净，拼贴表现的画面富有很强的装饰性。

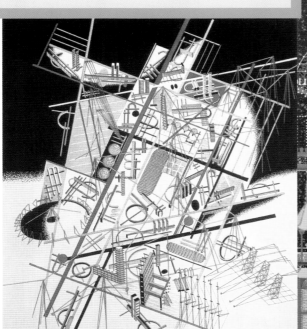

：
利威尼斯"警
"及竖向景观
方案效果图
Spiller 绘]将
图、立面图、
图等结合在设
现图中，组合
幅极有平面构
中击力的表现

：
建筑幻想
87——音乐构
（Musical
nposition）表
图[Jakov
ernikov绘]采
现主义绘画风

左图：香港"维多利亚"山顶（Victoria Peak）效果图 [Zaha Hadid绘]
典型的解构主义作品，其效果图表现亦独具解构主义风格，与设计作品本身合二为一。

右图：电影"沙丘"布景建筑效果图 [H. R. Giger 绘] 采用油画绘制，带有科幻色彩的超现实主义设计方案效果图。

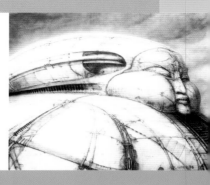

[建筑]技法精选及探索创新

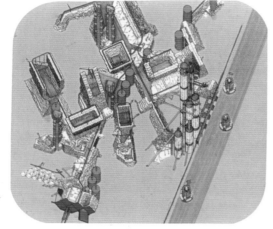

设计项目"Plug-In-City"轴测表现图 [Peter Cook绘] 灰色色卡上采用拼贴表现等技法。在清楚表达空间关系的同时，使画面具有较强的平面装饰效果。

湖岸及山地建筑效果图 [Superstudio 建筑师事务所 绘] 手绘钢笔彩铅画+实景照片电脑合成。对于形体简单及概念化的设计物，或者在实景环境较为复杂的情况下，不妨采用这种表现手法。先根据实景照片的角度，用手绘的方法绘制设计主体的效果图，扫描成图像文件后在电脑中与实景照片进行合成。这样能减少电脑建模和调整透视角度等多个费时的步骤，能够节省大量时间与精力。

左图：
纽约Sphinx酒店分层轴测爆炸分解效果图
[Elia Zenghelis & Zoe Zenghelis 绘]

下图：
Arcadia Town设计项目Sleek House效果图 [Peter Cook 绘] 运用色粉丰富的色彩和便于擦抹的特点，巧妙地处理建筑表面的质感和光感。

右图：
时代广场Times Square 实景表现图 [Gerd Winner绘] 运用丝网印刷技术印刷绘制。表现出城市中特有的光感、动感和繁华景象。

上图：电脑建模渲染，背景将水粉画与真实配景融合处理，使整体效果具有风景绘画的艺术效果。[东晖印象 绘]

上图：电脑建模渲染，背景为手绘水彩画，两者通过电脑合成，具有亦梦亦真的特殊的艺术效果。
[东晖印象 绘]

右图：纽约"空中玻璃屋"项目效果图
[Bernard Tschumi 建筑师事务所 绘]
电脑建模+实景照片合成处理。有时候实景照片过于真实，反而会削弱设计方案的表现效果。这幅作品将白天的实景照片做成负片夜景效果，从而更加突出新建的"空中玻璃屋"的特殊造型和形态，留给观众更深的视觉感官刺激。

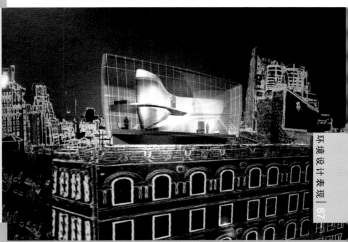

电脑效果图创新攻略

▶▶ 电脑效果图是目前设计界最为常见的效果图表现形式，许多电脑效果图一味以追求真实为目的，以迎合业主或普通欣赏者的欣赏口味，但是这却不是一个有思想有主见的设计师和有创新精神的绘图师所应该停留的水平。电脑技巧+手绘功底+各种艺术处理，才是电脑效果图创新发展的生命力所在。

▶▶ 创新攻略1——电脑建模渲染+手绘技巧。
比如先用手绘制水彩画、水粉画、水墨画甚至油画的背景和配景，并扫描成图像文件，再结合电脑渲染的建筑主体，在电脑专业图像编辑软件中进行合成，使准确的空间关系与艺术化手法相得益彰。

▶▶ 创新攻略2——电脑实景照片+手绘设计效果图。
先用手绘方法绘制设计主体的效果图，找到实景照片，同时扫描成图像文件，在电脑专业图像编辑软件中进行合成。该方法避开电脑建模的步骤，适用于小型建筑、改建项目及景观效果图等。

▶▶ 创新攻略3——电脑建模渲染+艺术化图像处理。
目前许多专业图像编辑软件（如Photoshop等）都带有强大的艺术化图像处理合成工具，能模仿各种绘画效果，如油画、彩铅、版画等。但该方法只能在一定程度上模拟某些艺术形式。

▶▶ 创新攻略4——电脑建模渲染+平面构成排版合成。
在电脑效果图后期处理时，可结合平面图、立面图、剖面图、策略性文字标题、构思来源图像和其他对该设计方案的理解有帮助的元素，融合在一张图中，达到具有平面设计装饰性的、富有视觉冲击力的效果。

上图：
法兰克福"真实之城"（Real City）效果图之一 ——Villa Wall[Peter Cook 绘]
运用钢笔水彩+水粉+剪贴技法绘制，描绘出现代建筑与生态植物紧密结合的景象。具有强烈的视觉感染力。

1 拿到设计题目后，根据基地情况，构思并绘制构思草方案图。

2 绘制大量的构思草方案图，多方案比较，甄选出定稿方案。

3 进一步深入构思建筑造型与环境空间之间的联系与协调。

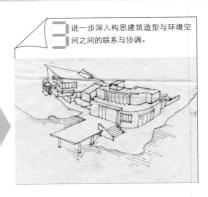

实战演练分解 别墅设计构思及效果图步骤详解

6 方案初步定案后，深入研究基地、平面、空间造型和环境等因素。

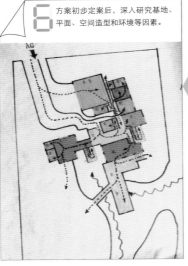

5 结合楼层空间关系，绘制立面和剖面草图，并做简要文字提示。

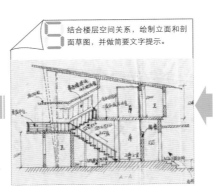

4 结合基地平面和功能关系，绘制透视草图，并做简要文字提示。

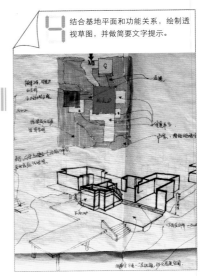

7 深入绘制效果图的草图，选好合适的透视角度，深入细化方案。

8 深入绘制最终成果的效果图，注意色调和明暗关系的处理，充分考虑环境景观的影响。

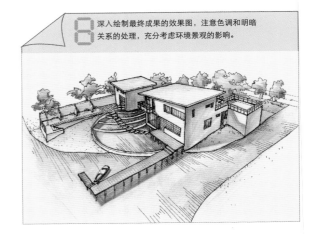

左、中图：
□茶室的建筑快题设计
□新安 绘
□效果图与平面图、立面
□合在画面里。

摹5张建筑效果图
品，注意绘制的
序和整体效果的
握。

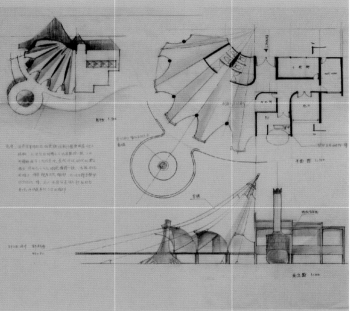

高层建筑设计快速表现
[沈斐 绘]

环境设计表现 | 89

建筑剖切图

咖啡吧室外及室内改造设计
[李涵冰 绘]
建筑剖切效果图，将建筑外部
及内部关系全部反映出来。

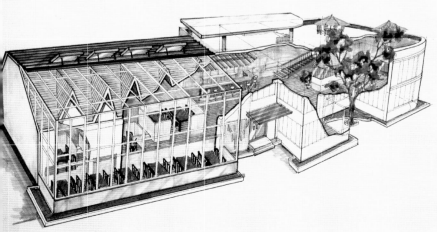

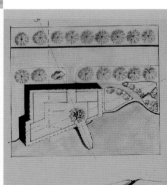

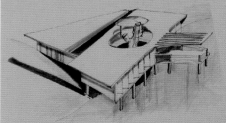

临湖茶室的建筑快速设计 [计凌 绘]

设 计 表 现 技 法

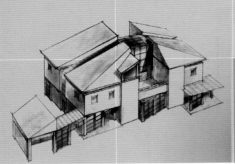

左图：建筑单体造型表现
[谢冠华 绘]

下图：别墅建筑设计表现 [顾济荣 绘]白卡墨线+马克笔，大面积的黑白对比拉大前景后景的空间感，衬托出建筑夜景的灯光氛围。

● 南立面 表现图

Broken pieces

左下图：别墅建筑设计表现 [卢杰 绘]彩色铅笔画法，鸟瞰效果。

上图：别墅建筑设计表现图 [沈勇 绘]钢笔淡彩画法，色彩鲜亮明快，深浅得当，植物及人物配景丰富整体效果。

下图：别墅建筑设计表现 [吴昱 绘]水彩画法，富有水墨效果。

北立面图 1:100

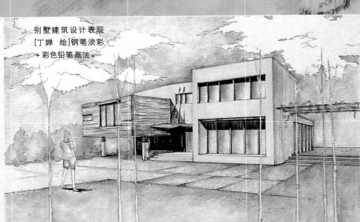

别墅建筑设计表现 [丁婵 绘]钢笔淡彩+彩色铅笔画法。

别墅建筑设计表现 [计凌 绘]水彩画法，加强阴影对比效果，突出建筑造型和建筑风格。

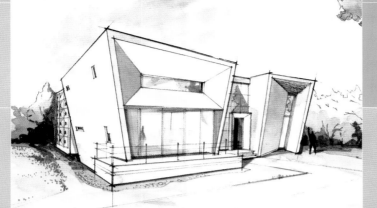

图：小住宅建筑设
块速表现 [张乐乐
钢笔+淡彩画法，
调微妙而协调。

参 考
作 业

搜集5张建筑实景照片，根
据建筑物的特点进行效果
图创作，注意合理运用构
图、透视、色调、虚实和
配景等原理与技法，并注
意整体效果的和谐统一。

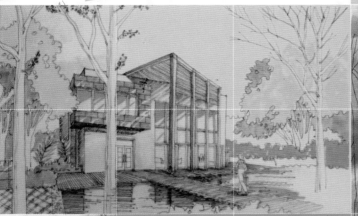

图：别墅建筑设计
现 [曾健 绘]钢笔
克笔画法，构图及
景得当，画法简

图：别墅建筑设计
现 [杜郡 绘]钢笔淡
彩画法，充分体现
式的建筑风格。

下图：别墅建筑设计表
现 [顾济荣 绘]马克笔
表现及与平面构成的融
合，简练而风格化，极
富视觉冲击力。

右图：别墅建筑设计表
现 [颜安 绘]钢笔淡彩
画法，构思独特的构
图，丰富的天空效果，
大大增强效果图的视觉
感染力。

环境设计表现 | 91

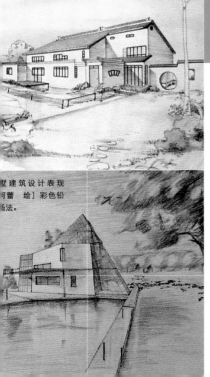

墅建筑设计表现
可蕾 绘]彩色铅
法。

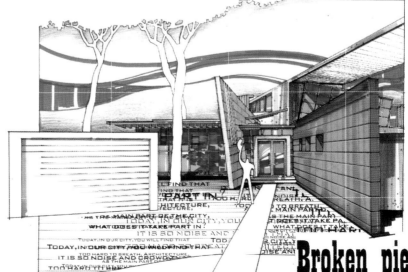

Broken pieces
OF THE CITY TOWN

二. 室内效果图表现技法

室内效果图的表现技法很多，每一个人都可以根据自己对不同技法掌握的熟练程度，灵活运用，很难说哪种技法更好、更适用。现在许多透视图的表现往往是多种材料、工具与技法的综合运用。但是，由于室内环境的功能不同，设计师对空间环境与家具的设计，应根据构思的繁简、选用装饰材料的不同，选择适当的工具、材料和表现手法来表现。例如，表现舞厅的灯光和气氛效果，运用喷笔就显得得心应手；如果表现复杂的装饰结构，运用钢笔淡彩则更能详细地表现出结构关系。室内效果图的表现，除了反映设计师的设计构思以外，既可追求画面人造光源下的环境效果，又可追求光照下的效果。它排除一切其他干扰，直观地将不同物体的使用材料充分地表现出来，在装饰结构与使用材料上，让人一目了然，这种效果图往往更具有实用价值。

室内设计效果图着重表现室内空间的整体环境氛围，包括照明、色彩、材质以及家具等室内含物。[沈勇 绘]

效果图构思样图 [I-rendering 绘]钢笔＋马克笔

卫生间室内效果图样稿 [顾济荣 绘]

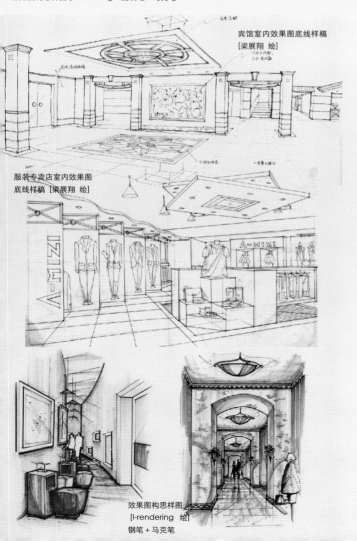

宾馆室内效果图底线样稿
[梁展翔 绘]

服装专卖店室内效果图
底线样稿 [梁展翔 绘]

效果图构思样图
[I-rendering 绘]
钢笔＋马克笔

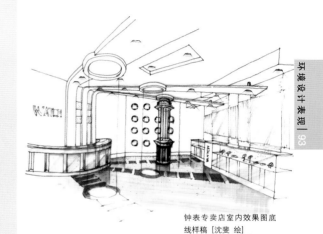

钟表专卖店室内效果图底
线样稿 [沈斐 绘]

👁 室内效果图实战经验

▶▶ 画室内效果图时，要考虑室内布局的主次，特别是重点表现对象，比如墙面、顶棚、家具哪些需要着重表现等。这就需要用不同的视高、视距和视角来调整。

▶▶ 室内空间的布局处理要得当，避免有的角度拥挤，有的角度空置，可用绿化、小品适当调整补充画面。

▶▶ 画面的气氛，也可用绿化、陈设、人物等穿插表现，但要注意比例关系。

▶▶ 室内空间的线角处理要有层次感，突出主要部分，避免乱、散的画面。

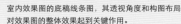
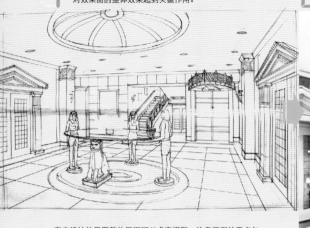

1 室内效果图的底稿线条图，其透视角度和构图布局
对效果图的整体效果起到关键作用。

2 底稿修改完成后，将定稿方案临拓在图纸上，绘制正
式效果图，要把握好整体色调和明暗关系。

室内设计效果图整体画面可以虚实搭配，注意画面的重点与
焦点处应该表现得生动细腻，其他部分则可以概略表现，切
忌均匀用劲，反而破坏整体效果的统一。
某会所进厅喷绘室内效果图 [梁展翔 绘]

实战演练分解 ▶ 　　室内设计草图与效果图过程对比

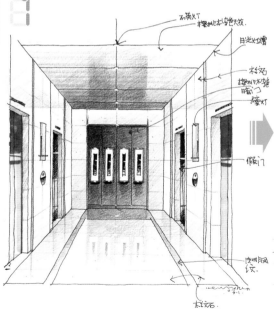

室内设计效果图正式绘制前，必须做好充分的准备工作，有必要先绘
制草图稿。如上图所示，草图稿应该把构图的形式、画面的重点、界
面的色彩和材质、虚实关系和最亮及最暗处的位置等逐一确定，还要
根据画面轻重关系确定家具、陈设和植物等配景的位置与表现手法。
右图是在草图稿基本确定的基础上绘制的最终效果图。[沈勇 绘]

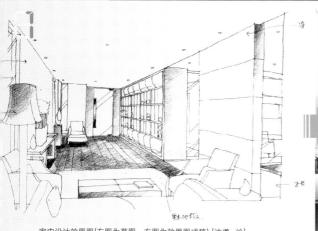

室内设计效果图(左图为草图，右图为效果图成稿) [沈勇 绘]

☞ **小贴士**　　怎样表现大理石、花岗岩等石材？

■ 大理石、花岗岩在室内装饰中已被广泛地运用于地面、墙面和柱子等。在室内效果图的表现中，一般不过分区别大理石与花岗岩这两种材料。

■ 大理石或花岗岩本身具有的自然纹理效果。在表现这种石材时，首先要表现石材本身的底色，然后再用乱笔法表现石材的自然纹理。在表现纹理时，最好不要等底色干透。这样，纹理与底色可自然交融，显得更自然、更贴切。

■ 另一种石材无任何纹理，但光洁度较好，如地砖。表现这种材料时，只铺底色，根据空间的远近，色彩要有变化，然后再表现出不同物体在光洁的地砖上所产生的倒影。

■ 画倒影时，要注意物体在空间位置的远近不同及其所产生倒影的深浅变化，用笔要挺直。倒影的深浅与主次，应根据需要来表现。等大体的效果处理好后，再根据室内效果图的透视关系，画出石材铺设拼接之间的石缝。

LZX.97.5　会所大堂喷绘室内效果图 [梁展翔 绘]

喷绘酒店大堂室内效果图 [沈勇 绘]室内灯光效果的表达和环境氛围的营造，对设计和效果表达上至关重要。

喷绘客房室内效果图 [梁展翔 绘]

喷绘会议室室内效果图 [沈勇 绘]

喷绘舞厅室内效果图 [梁展翔

别墅室内设计餐厅效果图 [l-rendering 绘]钢笔＋马克笔＋色粉

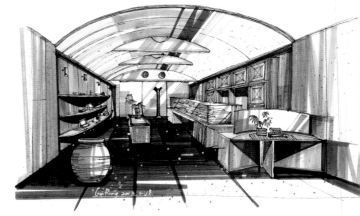

专卖店室内效果图 [顾济荣 绘]钢笔＋马克笔

钢笔淡彩＋喷绘室内效果图 [姜嗣波 绘]

　　在室内透视图的表现中，只注重表现空间、结构与材料是不够的，室内环境气氛的表达和文化内涵的展示，室内的装饰、家具的造型及陈设的设计与选择也是相当重要的，它们不仅烘托了主体，同时还起到画龙点睛、锦上添花的作用。

　　总之，室内效果图与建筑效果图的表现，是需要对设计进行整体的把握，在掌握了相应的作画技法的同时，还应更加注意效果图的个性表现，使作画手法更加丰富多彩。

喷绘餐厅室内效果图 [沈勇 绘]　　　　喷绘标准客房室内效果图 [梁展翔 绘]

别墅客厅室内效果图 [沈勇 绘]钢笔淡彩喷绘

室内光影效果表现攻略

▶▶ 室内效果图的光源主要来自灯具。表现室内灯光要抓住两点，即灯具的形态结构和光的色彩与光感。室内效果图中的光源一般都定在上方，这样室内物体的受光面、背光面、顺光面就能基本确定。

▶▶ 光线作用在物体上产生不同的明暗变化，强调空间形象的明暗关系，是增强室内光影效果的有效方法。物体明暗的多层次变化主要取决于两方面：一是光的来源；二是物体所处的环境变化。

▶▶ 室内光亮色浅的环境背景下，可以着重画出光投影于物体后的黑暗阴影部分，通过对暗部的细节变化的刻画来表现形体结构；室内中间色调（灰色调）的环境背景下，可以着重强化物体的明暗对比；室内深暗的环境背景下，刻画的重点是物体亮部的细节变化。

▶▶ 表现影光效果可以适当地夸张色调的明暗，不仅能增强画面的艺术性，还能有效地表现一些物体的质地，比如玻璃、不锈钢等物质。而有些物体在实际中没有可见的反射光，但在表现时可根据想像画出反射光，能使图画面变化更加丰富。

▶▶ 合理而大胆地运用高光，可以使画面形象饱满，光彩照人，富有感染力。但运用高光应该"惜墨如金"，否则运用不当会使画面变花，而削弱主题形象。

上图：别墅餐厅设计效果图 [l-rendering 绘]
钢笔＋马克笔

左图：居室客厅室内效果图 [沈勇 绘]钢笔淡彩喷绘

左图：别墅厨房室内设计效果图
[I-rendering 绘]
钢笔 + 马克笔

下图：室内设计效果图整体画面可
以虚实搭配，注意画面的重点与焦
点处应该表现得生动细腻，其他部
分则可以概略表现，切忌均用
劲，反而破坏整体效果的统一。

右图：服装专卖店
室内设计效果图
[Pers110 绘]
钢笔速写 + 水彩 +
马克笔

[室内]技法精选及探索创新

商场购物街室内设计效果图
钢笔 + 彩色铅笔

别墅客厅室内设计效果图
[I-rendering 绘]
钢笔 + 马克笔

右图：彩色铅笔建筑中庭室
内效果图 [KPF 绘]

左图：别墅厨房室内设计
效果图
[I-rendering 绘]
钢笔＋马克笔

右图：水彩室内效果图
注重空间的表达而非细节
的处理。

下图：高级酒店公寓客厅
餐厅室内效果图 [梁展翔
绘]钢笔淡彩喷绘

上图：室内设计效果图往往需要表现人的活动。[冈本清文 绘]

下图：钢笔淡彩室内效果图 [Henry Beer 绘]

办公楼中庭室内
效果图
[大成建设 绘]
钢笔淡彩喷绘，
非常强调建筑材
料和环境空间的
细节刻画。

左图：公共空间室内效果图 [UMBC 绘]钢笔＋水彩＋电脑后期处理

右图：桃源社商业空间室内效果图 [水户冈锐治 绘]采用"透明色纸拼贴技法"绘制，富有很强的装饰性。

[室内]技法精选及探索创新

左图：商业室内空间应着重表现室内空间热闹、动感、色彩鲜明的环境氛围，注重人物配景的分布、商业灯箱与招贴的展示效果，营造强烈的商业气息。左图采用深底色水粉画法，凸现夜间强烈的灯光、色彩的效果。

Farbwerke Hochst AG中庭室内空间设计方案表现图 [Peter Behrens 设计] 采用蜡笔彩铅等绘制，运用色彩的渐变来表现空间透视感，图面四周虚化以突出画面重点。

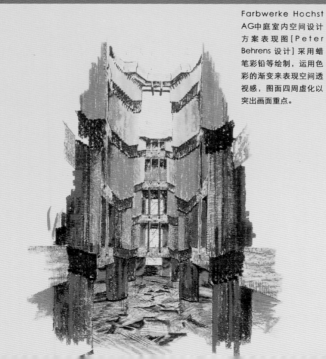

右图：展览厅室内空间设计表现图 [Wenzel August Hablik 绘] 采用水粉绘制，运用平面图案的渐变来表现空间透视感。

左图：空间透视线与电脑建模渲染得到的效果进行重叠及渐变过渡，使效果图既能表达真实效果，又能产生从草图到成稿的逐步渲染的步骤效果，有一种探索中的艺术感染力。

右图：钢笔淡彩喷绘别墅主卧室室内效果图 [沈勇 绘]

左图：游泳会馆室内设计效果图 [Pers110 绘] 水彩＋水粉喷绘

右图：1992年ACS国际竞赛第三名作品："想象的机器"（Imagination Machine IMT2PO）效果图 [Florian Kopp & Michael Willadt绘] 解构主义风格作品，运用电脑辅助绘制。

办公室前台接待空间效果图 [沈勇 绘]钢笔＋铅笔＋淡彩喷绘。效果图中高光的运用，起到提亮和画龙点睛的作用。

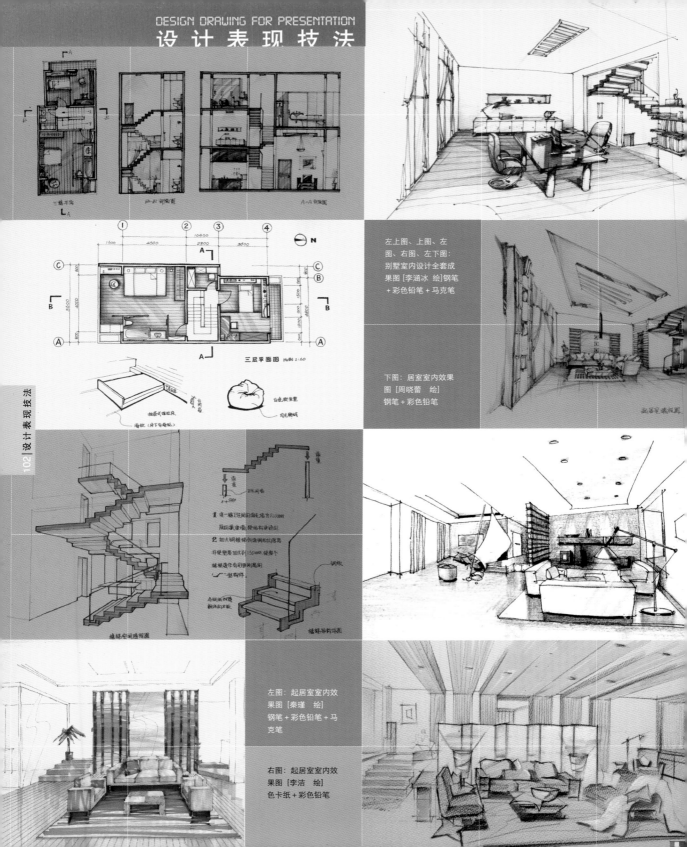

102 | 设计表现技法

三层平面图 比例 1:60

左上图、上图、左图、右图、左下图:
别墅室内设计全套成
果图 [李涵冰 绘] 钢笔
+ 彩色铅笔 + 马克笔

下图：居室室内效果
图 [周晓蕾 绘]
钢笔 + 彩色铅笔

左图：起居室室内效
果图 [秦瑾 绘]
钢笔 + 彩色铅笔 + 马
克笔

右图：起居室室内效
果图 [李洁 绘]
色卡纸 + 彩色铅笔

右图：卧室室内效果图 [瞿丰瑜 绘]钢笔＋马克笔

参 考
作 业

临摹5张室内效果图作品，注意绘制的顺序和整体效果的把握。

右图：居室室内效果图 [王芝兰 绘]钢笔＋彩色铅笔＋马克笔

下图：卧室室内效果图 [瞿丰瑜 绘]钢笔＋马克笔

右图：居室室内效果图 [沈斐 绘]钢笔＋水彩＋马克笔

下图：居室室内效果图 [张乐乐 绘]钢笔＋水彩＋马克笔

室内效果图 [周晓蕾 绘]
笔＋彩色铅笔

学 生 作 品 精 选
——餐厅酒吧室内设计

餐厅室内设计效果图 [沈之娇 绘]
钢笔＋彩色铅笔＋马克笔
餐厅效果图▲

左图：咖啡吧室内设计效
果图 [黄迪 绘]
钢笔＋彩色铅笔＋马克笔

下图：休闲餐厅室内
设计效果图 [李洁 绘]
深色卡纸＋彩色铅笔
＋马克笔

左图：咖啡吧改造室内设
计效果图 [李涵冰 绘]
钢笔＋彩色铅笔＋马克笔

下图：会所餐厅室内效
果图 [韩露 绘]
钢笔＋彩色铅笔

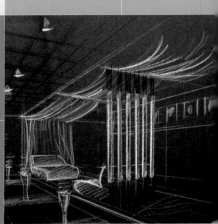

酒吧室内设计效果图
[李洁 绘]
深色卡纸＋彩色铅笔
＋马克笔

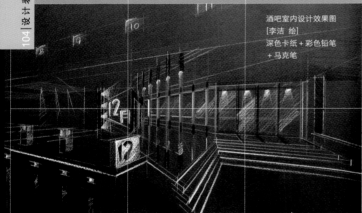

主题餐厅室内效果图
[沈斐 绘]
钢笔＋彩色铅笔＋马克笔

主题餐厅室内效果
图 [朱苗麒 绘]
钢笔＋彩色铅笔

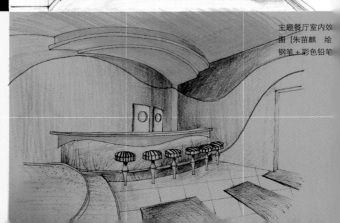

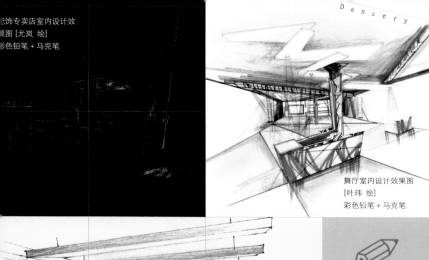

饰专卖店室内设计效
果图 [尤岚 绘]
彩色铅笔 + 马克笔

Dancery

舞厅室内设计效果图
[叶玮 绘]
彩色铅笔 + 马克笔

学 生 作 品 精 选
——商业办公室内设计

服装专卖店室内设计效果图
[韩露 绘]
钢笔 + 彩色铅笔

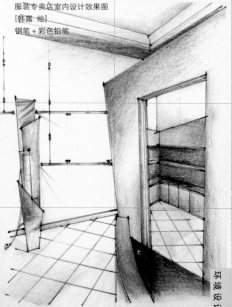

参考
作业

搜集5张室内实景照片，
根据室内空间的特点进
行效果图创作，注意合
理运用构图、透视、色
调、虚实和配景等原理
与技法，并注意整体效
果的和谐统一。

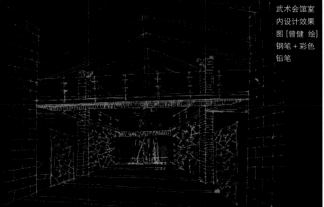

办公楼会议室室
内设计效果图
[韩露 绘]
钢笔 + 彩色铅笔

武术会馆室
内设计效果
图 [曾健 绘]
钢笔 + 彩色
铅笔

手表专卖店室内效果图 [龙昕 绘]
钢笔 + 彩色铅笔 + 马克笔

手表专卖店店面效果图 [龙昕 绘]
钢笔 + 彩色铅笔 + 马克笔

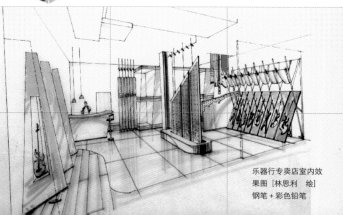

乐器行专卖店室内效
果图 [林思利 绘]
钢笔 + 彩色铅笔

三. 景观效果图表现技法

　　景观效果图的表现是建筑环境设计重要的组成部分，它往往是建筑环境及其景观规划的再现。

　　景观效果图既可以单独绘制，也可以建筑配景的方式进行描绘。配景能向人们展示其建筑物或景观主体所处的较为真实的空间，以及地形、地貌、交通状况等。配景对突出主体建筑、表现空间、渲染气氛、增强画面艺术效果，均具有十分重要的作用。

　　景观效果图的配景，主要有天空、山水、树木、道路与地面、车辆、人物、周围建筑环境等内容。在考虑主体建筑或景观主体的取景构图的同时，还应对配景的安排组织作严谨细致的推敲。配景如果处理不当，往往会产生体量过大或过小，局部物体过于突出，削弱主体，画面不平衡，风格不统一，比例、透视不准等错误。

如今许多国内外大型的商业项目，都非常重视景观规划设计和景观效果图的绘制，尽管电脑效果图占据市场的主流，但是仍然有相当多的景观设计项目采纳手绘的景观效果图，其原因大概是因为景观设计有更多的自然和人性化元素，也更讲究意境的营造，手绘效果图恰恰能满足这种需求。

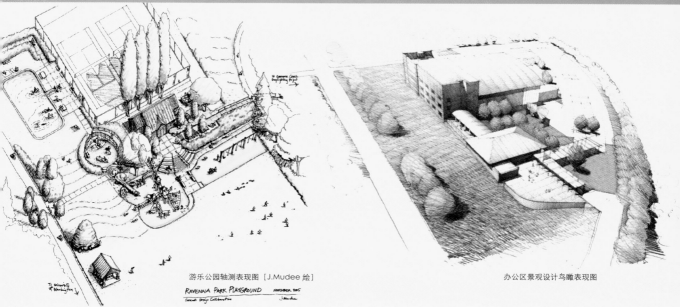

游乐公园轴测表现图 [J.Mudee 绘]

办公区景观设计鸟瞰表现图

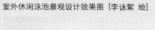
室外休闲泳池景观设计效果图 [李咏絮 绘]

住宅小区入口环境景观设计效果图 [辻本达广 绘]

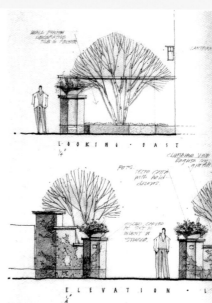

景观设计立面表现图

喷泉景观设计表现图 [Jason Howard 绘]

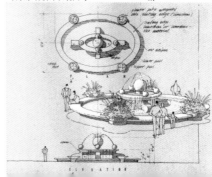

1 绘制景观效果图的底稿线，注上设计说明，保持构图的协调完整。

2 将定稿方案临拓在色卡纸上，用不同深浅的灰色马克笔画出深浅层次。

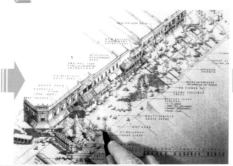

3 先用淡棕黄的彩铅铺上一层基色，便于后续控制整体色调。

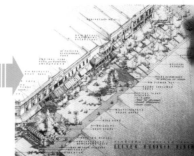

实战演练分解 汽车设计效果图渲染步骤详解

4 逐步深入地用纯度较高的颜色刻画细节，使画面生动明快。

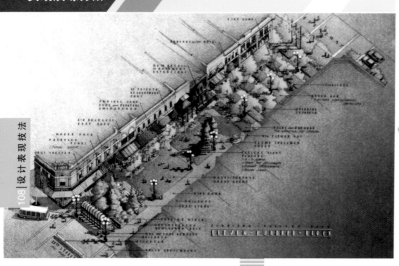

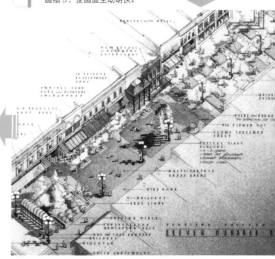

5 全面深入地刻画树木、绿化、人物、设施、汽车等配景，在画面的重心处增强明暗反差，突出主题；同时，增加周围蓝色的退晕效果，产生强烈的冷暖对比，使景观更富有生气。

6 最后，在细部刻画上，用浅色的铅笔和水粉，在受光面增加高光，在背光面或阴影面增加反高光，拉大层次感，将生动鲜活跃然纸上。

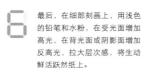

CROSS-SECTION

PERSPECTIVE DRAWII
THE PRINCIPALS GARDEN

SUZANNE N...

▶▶ 树木在效果图中具有烘托环境渲染气氛、表现季节变化的作用，同时对突出建筑造型、增强画面的虚实空间变化、平衡构图，也都具有一定的作用。尤其是画面中重点树木姿态的生动表现及地面投影的处理，与画面建筑的静态，形成动与静的对比，能使画面增添无穷的情趣与意境。

▶▶ 树木主要分为阔叶类和针叶类。阔叶类树木，树叶比较茂盛，形如伞状，如梧桐树等；针叶类树木，外形基本上呈三角形，如山松等。建筑画中树木的表现，不需要对每种树木的特征、品种都作详细描绘，但是特征明显的树种，对树木的体积、姿态和层次都要明确表现。

▶▶ 建筑画中树木类型的选择，应根据画面的构图需要来确定。画面空白过大，可选择树冠、树叶较大且密的树种。如果建筑本身很美，细部需要表现得比较详尽，在选择树的类型及大小时，就需要慎重考虑，决不能因为树木处理不当而影响了主体建筑。

▶▶ 对远景的树木，一般处理得较平面化，但是需要注意树顶轮廓的变化；而中景的树，一般都在建筑物前面，有时甚至遮挡着建筑物，与建筑物联系得较紧密，在表现这一部分树木时，需要特别慎重；近景的树木，往往较高大，但是大部分都不会挡着建筑物，对这一部分树木要表现得较为生动细致。

▶▶ 树木的色彩表现，应根据画面的色调、气氛、时间和季节的不同来确定，不能只是主体是树木都画成绿色。色彩的深浅与冷暖也应当根据整个画面的效果来选择。但不能过分地追求色彩变化，往往运用有几种深浅变化的颜色，来表现空间层次及树形和体积的变化。

▶▶ 树木的受光与背光，也应当和主体建筑的受光条件相一致。有光必有投影，树木的投影是效果图画面表现中不可忽视的内容。

▶▶ 草地是建筑画中表现软质地面的主要题材。建筑画中草地的刻画，主要是运用色彩来表现，而不是具体形体的表现。表现大面积的草地，首先要考虑草地与画面色彩的协调与统一，然后再根据空间关系，表现出草地远近色彩的深浅与冷暖。

上组图：庭院绿化
景观设计效果图
[suzie nichols 绘]

住宅庭院入口景观设计效果图

小型水景观设计表现图

街角公园景观设计表现图 [ParkWorks 绘]
钢笔+彩色铅笔＋马克笔＋电脑后期加背景色。

市民公园景观设计表现图 [ParkWorks 绘]
钢笔+彩色铅笔＋马克笔＋电脑后期加背景色。

商业广场景观设计表现图 铅笔＋水彩

水景观设计表现图

👁 水景的表现技巧

▶▶ 如果表现较开阔的海边和湖边的建筑，海或湖的水面一般都置于前景，这样岸上的建筑物及配景在水面上就会产生倒影。置于前景的水面，一般都表现其较平静的状态，因此水中的倒影也较为清晰。

▶▶ 水中物体倒影的刻画要虚，色彩对比要弱。注意岸上的物体和水中的倒影要上下对应，倒影中的物体要整体、概括，不要过分追求细部。色彩的处理，除了要考虑岸上物体的固有色外，还应考虑水的颜色及其两者之间的结合所产生的色彩效果。最后根据需要，可适当地表现水面的波动所产生的高光及阴影。

▶▶ 如果水面并非在画面中占有重要的位置，它只是建筑周围环境的一部分内容，例如，湖边的一个角、一条小溪等。由于建筑的位置不同，水面上并没有产生倒影，对这种水面主要应注意表现出它的空间关系，适当地表现一些堤岸和树木在水中的倒影及波澜。

街道景观设计表现图 [Bruse Race 绘]

小贴士

如何画配景人物?

■ 配景人物可以平衡构图,渲染气氛,增加空间层次,同时还可以作为主体建筑和其他配景比例尺度的参照物。效果图中的人物表现,不仅能给画面带来生机,同时也体现出了人与自然环境共存的美好意境。

■ 人物的安排,应当根据画面的构图需要进行组织;人物的表现,则需要根据人物所处位置的远近而有所不同。

■ 远景中的人物表现,应当概括处理。人物的动态与服饰的表现,可用简单平涂的方法,即剪影效果。色彩处理不能过于鲜艳,基本上用含灰的颜色。如果将远处的人物形态及色彩表现得过于强烈,那么必然会导致空间感削弱,主体不明确。

■ 中景人物的处理,要适当地表现出人物的动态,上装与下装的颜色要区别开来,服饰应比远景人物的服饰表现得要详细,主要用明与暗两大面表现出体积关系;人物的发式与脸部,基本上用点来表现,无须表现五官特征。

■ 近景的人物相对于中景的人物来说,在表现上要更深入一些,如果前景人物过大,五官和动态应当明确表现,衣服款式和体积关系要交代清楚。

街道景观设计表现图
[Walker Macy 绘]

街道景观设计表现图
[Walker Macy 绘]

建筑入口环境景观设计立面效果图 [Bryan Gough 绘]

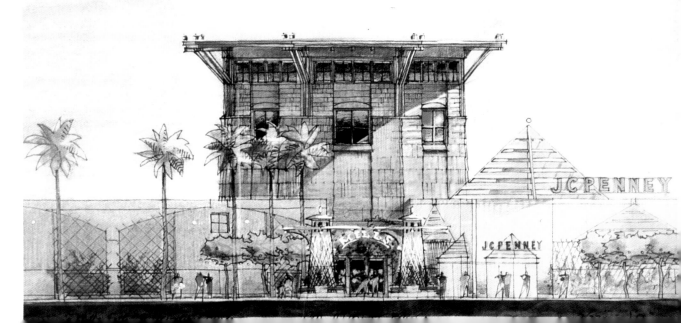

左图：海滨景观效果图。钢笔水彩

右图：城市滨河绿地景观设计鸟瞰效果图 [Walker Macy 绘] 钢笔淡彩

[景观]技法精选及探索创新

左图：法国 Bordeaux植物园环境景观设计效果图 [Jourda 绘] 采用二点透视的鸟瞰图。

右图：Weed Az城市设计平面表现图 [Michael Sorkin Studio绘]

商业建筑外庭空间环境景观设计效果图，采用三点透视的鸟瞰图

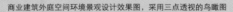

Bloch City 景观效果图 [Peter Cook 绘]
轴测图绘制手法，采用将平面图与立面图结合的表现形式，清晰准确地反映平面功能关系的同时还能反映空间高度与层次关系。

左图：度假村滨河景观效果图

右图：城市公共空间夜景设计效果图 [Mark Fisher绘]

左图：商业空间景观效果图 [Doug Stelling 绘]

商业步行街景观效果图。水彩画法生动地反映晴天状态下的街景，突出商业步行街的热闹氛围和勃勃生机。

上图：街道围墙景观设计效果图 [梁展翔 绘]水彩喷绘

下图：室外空间效果图 [水户冈锐治 绘]
采用"透明色纸拼贴技法"绘制。由于透明色纸的色相比较饱和，色彩平整、纯净，拼贴表现的画面富有很强的装饰性。

校园绿地广场
景观效果图
[UMBC绘]
草图＋电脑上
色合成

校园绿地广场
景观效果图
[UMBC绘]
电脑合成图，
但采用模仿手
绘效果的方
法，延续初步
方案时的构思
效果。

[景观]技法精选及探索创新

右图：校园体
育休闲广场景
观效果图。
草图＋电脑上
色合成

上图：城市街区景观效果图。电脑合成图，但建筑部分采用模仿手
绘线框图效果的方法，弱化建筑，达到突出景观设计的作用。

左图：景观设计手绘
现图。
下图：将手绘表现图
描成图像文件后，与
脑建模渲染结合后的
终景观效果图。
[梁展翔 绘]

左图：户外音乐会舞
台布景效果图
[Mark Fisher 绘]
手绘线框图＋图片拼
贴的电脑合成图，既
省略了电脑建模的烦
琐费时，又能达到接
近真实的直观效果。

114 | 设计表现技法

左图：住宅区景观设计效果图 [赵玮 绘]

学生作品精选
——景观设计

下图：游艺设施景观设计表现图 [顾济荣 绘]

上图：水景设计效果图

上图：游艺设施景观表现图 [顾济荣 绘]

下图：绿地景观设计表现图 [徐璐 绘]

住宅环境景观表现图 [张乐乐 绘]

参考作业

1、临摹大量练习树木花卉人物等配景的画法。
2、搜集5张景观设计实景照片，根据景观设计物的特点进行效果图创作，注意合理运用构图、透视、色调、虚实和配景等原理与技法，并注意整体效果的和谐统一。

主题公园景观设计表现图 [顾济荣 绘]

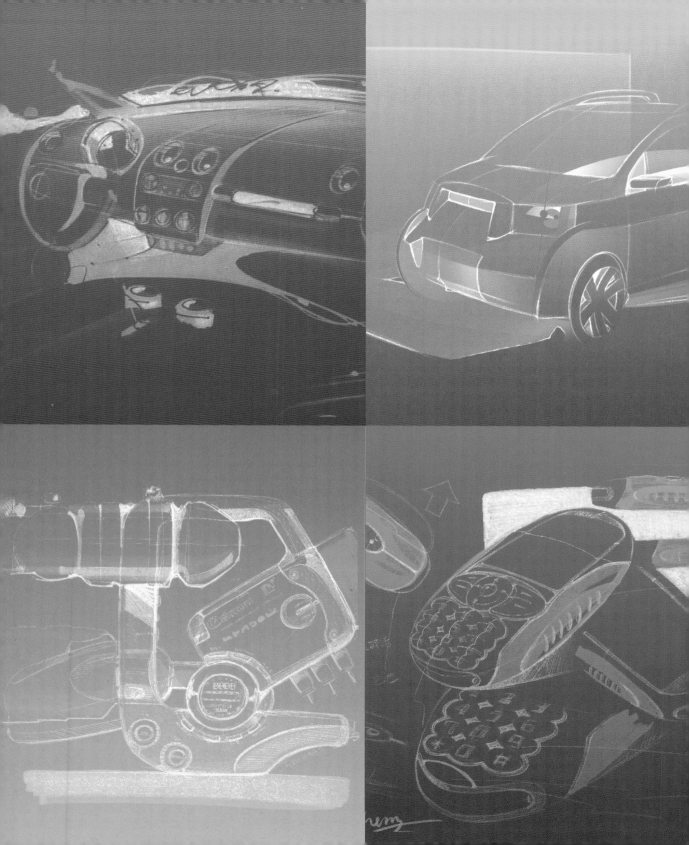

产　品　设　计　表　现

PRESENTATION OF PRODUCT DESIGN

第五章　产品设计表现

产品设计是一项严谨的、科学的活动。产品设计的程序一般为：市场调查——资料收集——资料分析——确定开发方向——创意阶段——草图阶段——草模阶段——效果图阶段——样机阶段——测绘制图——效果图修改——设计报告书——展示。

绘制设计表现图是产品设计活动的重要步骤之一，包括设计草图、概略效果图、效果图三种类型，它是产品设计创意构思与深入思考的重要手段，也是与设计合作者及与客户沟通的依据。它最终要结合工程技术来实现设计的最终目标。

对设计概念的评估是一个连续的过程，它始终贯穿在整个产品设计的过程中，每一个步骤都会有问题需要解决，掌握正确有效的表现方法和评估原则是其中的关键。

与设计表现相关的设计步骤是从创意阶段开始的，这是草图在人的头脑中浮现，从雏形、概念图到预想图逐步深入的图形表现过程。

汽车设计是高端、综合的产品设计，能反映工业设计的最高水平，其在概念设计和方案推敲过程中，对手绘草图和手绘表现图的要求相当高。

运动鞋设计
[Richard Kuchinsky 绘]
从概念草图到定案效果图，
到方案展示图。
钢笔+马克笔

-PROTEZIONE PIOGGIA
-RAIN PROTECTION
6S%

-VERSATILITÀ D'USO:
-OPERATIONAL FLEXIBILITY:

-BAULETTO
-TRAVELLING CASE

SCI

-PORTAPACCHI
-PARCEL GRID

-COPERTO
-COVERED

-BORSE LAT.
-SIDE BAG

-SCOPERTO
-UNCOVERED

-ASSORBIMENTO ASPERITA:
-SHOCK ABSORPTION:

-SISTEMA
-AUTOMOBILISTICO
-CAR SYSTEM

左组图、右组图：
Italjet个人摩托车
方案设计
[Tartarini Design
Team 绘]
从概念草图到定案
效果图。左上角为
产品模型。

一. 产品设计表现类型

1. 草图

  草图是设计师最初的设计概念和构思表现,是将自己的想法由抽象变为具象的重要的创造过程。草图可帮助设计师展开不同的设计思路,尽管形象迥异,有些想法似乎不切合实际,但这些雏形都将给设计师拓展思路提供各种可能性。通过这些可能性的概念,设计师逐步发展、淘汰一些设计,逐渐成熟自己的构思,最终将它变成现实。通常,草图都是将头脑中的意图以最快、最简洁、最概括的图形记录下来,产品造型特征基本明确,而一些细节则是省略的。草图可用钢笔、铅笔徒手迅速画出来,然后再确定色彩关系。

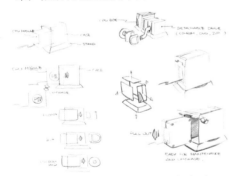

产品设计的草图阶段,把各种想法迅速纪录下来,便于评估、对比、选择,发展成为可行的设计方案。

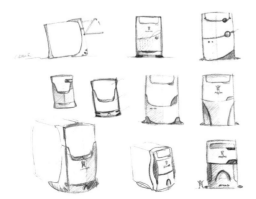

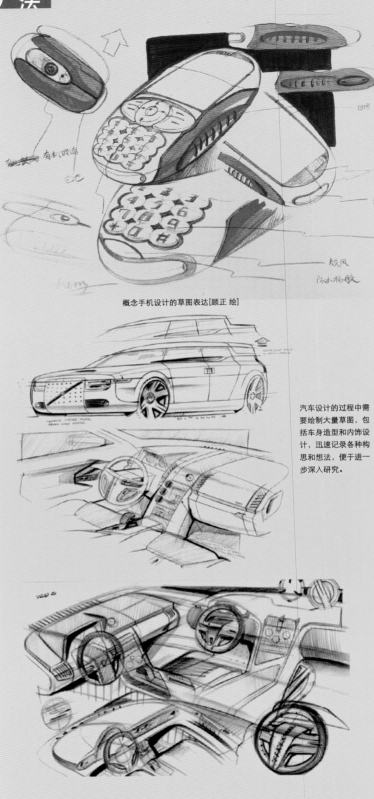

概念手机设计的草图表达[顾正 绘]

汽车设计的过程中需要绘制大量草图,包括车身造型和内饰设计,迅速记录各种构思和想法,便于进一步深入研究。

组图：水龙头方案设计草图
[宋奕君 绘] 迅速传达设计者构思，将设计推进成熟深入。

组图：手表方案设计草图
[郁新安 绘] 多方案比较在产品设计过程中，显得尤为重要。这是一个由量变到质变的过程，任何成功的作品和伟大的设计师都不是一蹴而就的。

2. 概略效果图

概略效果图是将草图方案作比较、探讨之后，再进一步深入的设计图。绘制概略效果图通常以钢笔或签字笔画出透视图之后，用马克笔或色粉、彩色铅笔等工具快速、简洁地表现出物体的形态、色彩、明暗关系，使产品的基本造型、色彩一目了然。概略效果图一般被归为效果图的一种，亦称为快速效果图，看上去比草图工整，但比效果图概括，在产品细节方面的处理、肌理表现等方面都较简单。

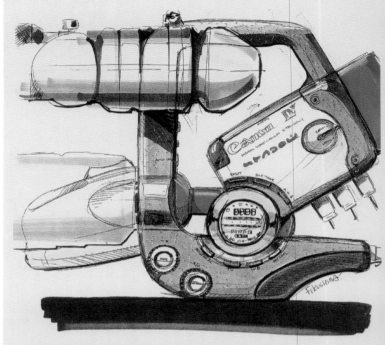

佳能摄影机的视图设计概略效果图，运用钢笔、马克笔生动而概略地勾勒出产品各组成部分的造型和相互关系，色彩、材质与肌理，以及商标和提示文字的位置。

概略效果图具有效果图的雏形，同样可以运用底色画法，并运用马克笔和水粉分别描绘出阴影和高光，细部刻画虽然不详尽，但能反映出大体感觉，而笔触则更为潇洒自然。

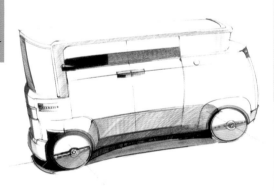

概念汽车设计概略效果图 [张乐乐 绘]

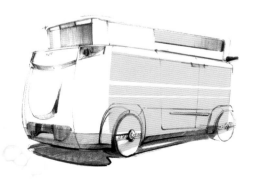

摩托车设计概略效果图三幅 [郁新安 绘]

汽车内装饰概略效果图

摩托车设计概略效果图 [沈之娇 绘]

设计草图阶段

概略效果图——俯视透视效果

概略效果图——平角透视效果

成果效果图

3. 效果图

效果图也称预想效果图，是对确定了方案的产品的形态、色彩、材质、肌理进行全面、准确、精密的描绘，使任何人看了都一目了然。其目的大多在于提供给决策者审定，在实施生产时作为依据，同时也可用于新产品的宣传、介绍和推广。

效果图表现必须遵照准确传达信息的原则，因为效果图的功能不仅是设计记录，更重要的是要向第三者准确传达自己的设计意图，然后结合各种媒介发挥、创造出多种表现手法。既可以根据媒介、纸、笔等工具的不同产生不同的效果，也可利用不同的表达手法做出不同的变化。

效果图没有固定的画法，可用不同的媒介来表现对象，技法丰富多变，同时可适当地夸张其形态或造型的某些特征，或描绘出特定的环境来增强其艺术感染力。

成果效果图——三视效果图

成果效果图——结构透视效果图

成果效果图——三视效果图

BEETLE

本组图展现的是德国大众汽车公司"新甲克虫"车型从方案到定案成果的各阶段设计效果图。从简单到复杂，从概略到精细，从单一到完整，从外部到内部，充分体现了设计过程和绘制效果图过程的严谨而科学，这也是这个著名汽车品牌取得重大成功的重要原因之一。

文具设计效果图，采用遮挡纸＋色粉＋酒精完成底色的制作，然后再用色粉＋马克笔＋水粉刻画细部和高光。

汽车内饰设计效果图，采用钢笔＋水彩＋马克笔，最后用水粉刻画高光。

CARPET SWEEPER

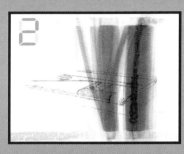

(1)在纸上用黑色针管笔做外形描线,注意透视准确,线条清晰,细部详尽。

(2)背景上下用胶带遮住,用水彩或水粉颜料把背景和产品本体一起作纵向的涂刷,形成深浅疏密错落有致的整体底色。

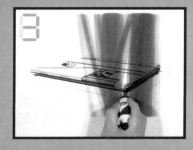

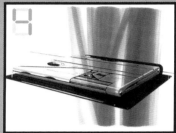

(3)背景处理完后除去遮盖的胶带,用各种深浅的马克笔勾勒与加深产品本体的细部,并用粗马克笔画产品下方的影子,使画面更紧凑,主体更突出。

(4)马克笔处理完成后,用白色铅笔和白色水粉颜料画高光线条及反高光线条,在恰当的位置点上高光点,并做最后的修整工作,让画面整体统一生动传神,效果图完成。

二. 产品设计表现技法

1. 底色高光法

以底色取代产品固有色的表现方法均属底色高光法。这种方法利用背景抓住主调,方便快捷,画面效果容易控制,可使用水彩、水粉、透明水色等进行绘制。用水粉或透明水色先铺刷底色,然后以针管笔勾出轮廓;反之,亦可。着色时,先用底纹笔刷出基本的明暗关系。由于底色是控制画面效果的关键,刷底色的技术要娴熟,要注意笔刷的大小尺度关系、笔刷的长短关系。用笔要干脆,不能来回刷色多次,否则色彩会发灰,不够干净。笔尖的水分要控制得恰如其分,过少,容易造成枯笔;太多,笔触的效果不够明显,画面不够清爽。最后,用颜料刻画局部,醒笔勾出产品外轮廓,点上高光。

钓鱼用卷线器效果图,采用底色与主体分开绘制后剪贴合成的方法。主体运用喷绘底色法,显现出其金属质感。同时在适当部位画出彩色的反光效果,更传神地刻画出其金属质感和光感,而且与背景颜色相呼应,更有艺术感染力。其轮廓线条有粗细变化,既反映出受光方向的明暗变化,也使主体生动不呆板。

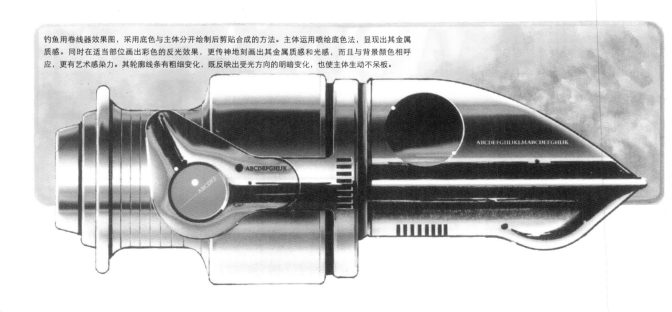

雪福莱汽车产品综合展示效果图，带有浓重的个性色彩和强烈的艺术感染力。

有色纸画法。采用深蓝色卡纸，用深色马克笔和浅色水粉及浅色彩铅，拉开物体的明暗层次，呈现摄像机的体量和质感。

2. 有色纸画法

　　这是选用有色纸或自制色纸作为底色，通过强调高低色调、区分明度变化来烘托产品形象的绘制方法。这种技法比较省时省力，色纸的选择应和表现对象的固有色一致。运用此方法绘制效果图除注重高光表现外，特别强调线条对造型的作用。注意线条粗细的对比，在透视准确的前提下，能显现受光情况，也易产生艺术的韵味。

随身听播放机效果图，底色高光法 [曾健 绘]

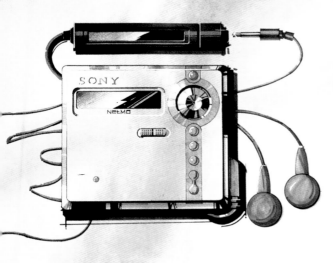

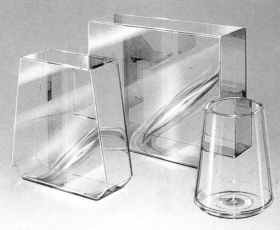

有色纸画法
采用带有退晕渐变效果的有色纸，通过深色线条与高光线条的同时运用，拉开物体的明暗层次，快捷简便地描绘出玻璃制品的质感和光影效果。

奔驰公司新车型效果图——三视效果图。

奔驰公司新车型效果图——三视效果图。

3. 三视图法

　　这是根据机械制图原理，在平面投影图上画出产品的形态和结构，然后再进行明暗或色彩方面的处理。由于这种方法无须作透视图，所以产品的比例、尺度须准确、直观，配合三视图使用，效果更加明确，是工程技术人员普遍采用的技法。

4. 精细画法

　　借助于一定的专业设备和特殊的技术手段来表现产品设计效果图，画面效果逼真，色彩过渡柔和细致，明暗层次丰富，质感细腻逼真，甚至可以达到照片的效果。和其他手绘方法相比，精细画法别具

概念汽车展示效果图。采用手绘与电脑后期上色合成的方法，既延续手绘图的灵性和激情，又能很好控制整体效果，尤其是能在同一个底稿上变换车身颜色，便于甄选和讨论。

摩托车车型三视概略效果图。彩铅+马克笔

奔驰公司新车型效果图——透视效果图。

奔驰公司新车型效果图——透视效果图。

韵味，而且造型透视关系要求非常严谨，局部之间的关系毫不含糊。但由于这种技法需要长时间地描绘以及扎实的绘画功底才能达到精彩的效果，通常极少运用。目前一般采用喷绘或电脑渲染手段来绘制精细效果图。

5. 结构透视法

是表现多部件组合时经常运用的画法，能使工程师或顾客、业主更好地理解产品的内部结构和原理。一般按照一定的内部结构和组织形式来完成，较为写实。有时候还结合爆炸图的绘制，更清晰地反映产品的内部构造关系。

电脑机箱设计，结构分解效果图，或称"爆炸图"。

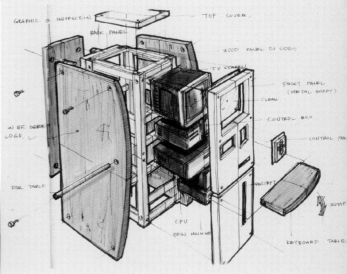

1 随着思维的活跃，绘制大量的构思草图，多方案比较，甄选出定稿方案。

2 将定稿方案临拓在白纸上，擦掉多余辅助线，将线稿扫描至电脑。

3 在Photoshop里为线稿图增加一层淡灰色的渐变底色。

实战演练分解 ▶ 汽车设计效果图渲染步骤详解

6 框选出汽车车身和玻璃中的反光部分，柔和地提高这部分的颜色亮度。

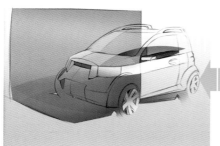

5 继续增加汽车内外阴影面的深灰色层次。

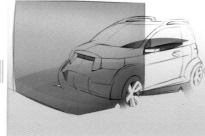

4 框选出图面中的深色背景及阴影范围，渲染出有层次的蓝灰色。

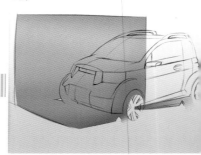

7 继续对汽车车身的受光部分进行喷白提亮。

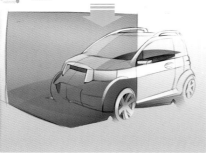

8 在暗面与灰面上增加反光的效果，局部加重对比反差，从整体上深化与细化颜色层次。

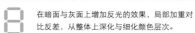

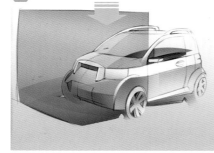

9 最后一步全面润饰，进一步增强高光效果，加白提亮，同时增加车灯等细部，增加眩光的效果，"画龙点睛"，效果图完成。[郁新安 绘]

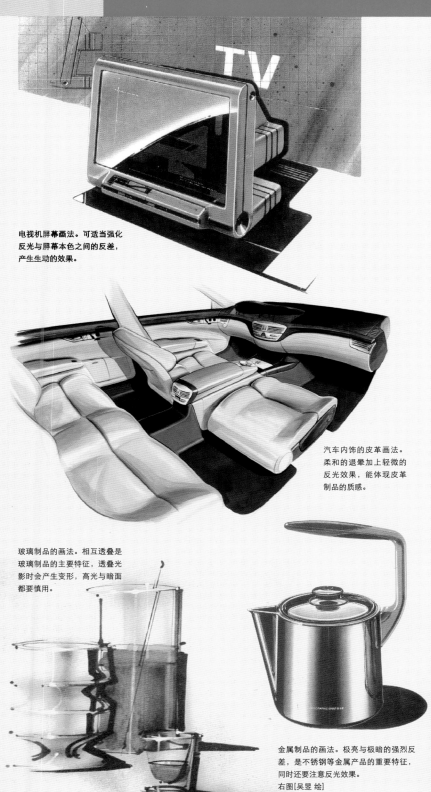

TV

电视机屏幕画法。可适当强化
反光与屏幕本色之间的反差，
产生生动的效果。

汽车内饰的皮革画法。
柔和的退晕加上轻微的
反光效果，能体现皮革
制品的质感。

玻璃制品的画法。相互透叠是
玻璃制品的主要特征，透叠光
影时会产生变形，高光与暗面
都要慎用。

金属制品的画法。极亮与极暗的强烈反
差，是不锈钢等金属产品的重要特征，
同时还要注意反光效果。
右图[吴昱 绘]

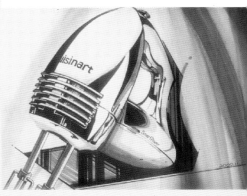

▶▶ 金属材料中的不锈钢、镀铝金属属于强
反光材料，易受环境色的影响，在不同
的环境下呈现不同的明暗变化。概括其
特点，主要是：明暗过渡比较强烈，高
光处可以留白不画，同时加重暗部的处
理。笔触应整齐平整，宜用直尺或曲线
尺来画。必要时可在高光处显现少许彩
色，更生动传神。

▶▶ 半反光材料主要有塑料及大理石。塑料
表面给人的感觉较为温和，明暗反差没
有金属材料那么强烈，表现时应注意它
的黑白灰对比较柔和，反光较金属弱，
高光强烈。大理石质地较硬，色泽变化
丰富，表现时先要给出一个大基调，再
用细笔勾画出纹理。

▶▶ 反光且透光的材料——这类材料的特点
是具有反射和折射光，光影变化丰富，
而透光是其主要特点。主要材料有玻
璃、透明塑料、有机玻璃等。表现时应
直接借助于环境底色，画出产品的形状
和厚度，强调物体轮廓与光影变化，强
调高光，注意处理反光部分。尤其要注
意描绘出物体内部的透视线和零部件，
以表现出透明的特点。

▶▶ 不反光也不透光的材料——分为软质材
料和硬质材料两种。软质材料主要有织
物、海绵、皮革制品等。硬质材料主要
有木材、亚光塑料、石材等。它们的共
性是吸光均匀、不反光，且表面均有体
现材料特点的纹理。在表现软质材料
时，着色应均匀、湿润，线条要流畅，
明暗对比柔和，避免用坚硬的线条，不
能过分强调高光。表现硬质材料时，描
绘应块面分明，结构清晰，线条挺拔、
明确。如木材可以用枯笔来突出纹理、
结疤等材质特征。

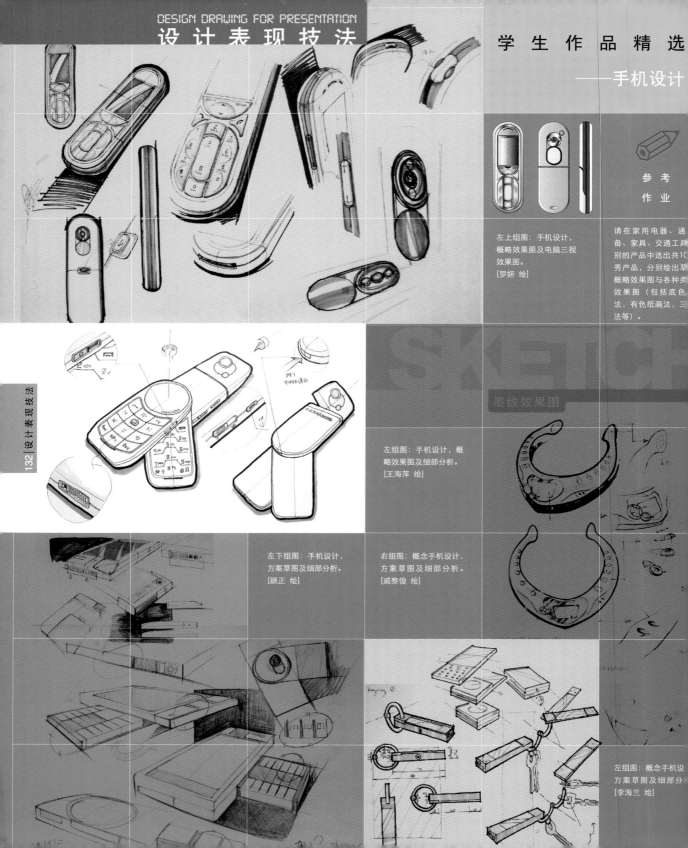

学生作品精选
——手机设计

参 考
作 业

左上组图：手机设计，
概略效果图及电脑三视
效果图。
[罗妍 绘]

请在家用电器、通
备、家具、交通工具
别的产品中选出共10
秀产品，分别绘出草
概略效果图与各种类
效果图（包括底色
法，有色纸画法，三
法等）。

132|设计表现技法

左组图：手机设计，概
略效果图及细部分析。
[王海萍 绘]

墨线效果图

左下组图：手机设计，
方案草图及细部分析。
[顾正 绘]

右组图：概念手机设计，
方案草图及细部分析。
[戚黎俊 绘]

左组图：概念手机设
方案草图及细部分
[李海兰 绘]

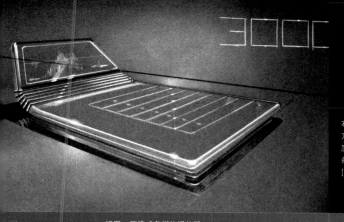

左图：个人电子产品设计效果图，色卡纸底色高光法。
[沈之娇 绘]

学 生 作 品 精 选
——电子产品设计

右图：便携式多媒体播放器方案设计草图，快速而多角度地记录设计构思，运用线条、明暗与文字表达。
[杨一峰 绘]

组图：便携式多媒体播放器方案设计草图 [宋奕君 绘]

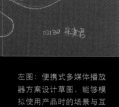

左图：便携式多媒体播放器方案设计草图，能够模拟使用产品时的场景与互动关系。
[杨一峰 绘]

右图：个人电子产品设计效果图 [曾健 绘]

下组图：个人电子产品设计方案设计概略效果图。
[王海萍 绘]

人电子产品设计效果图
健 绘]

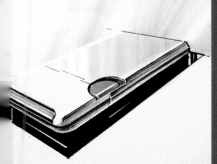

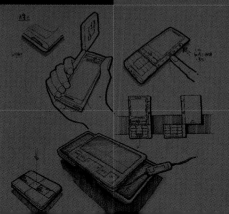

组图：便携式多媒体播放器方案设计草图 [宋奕君 绘]

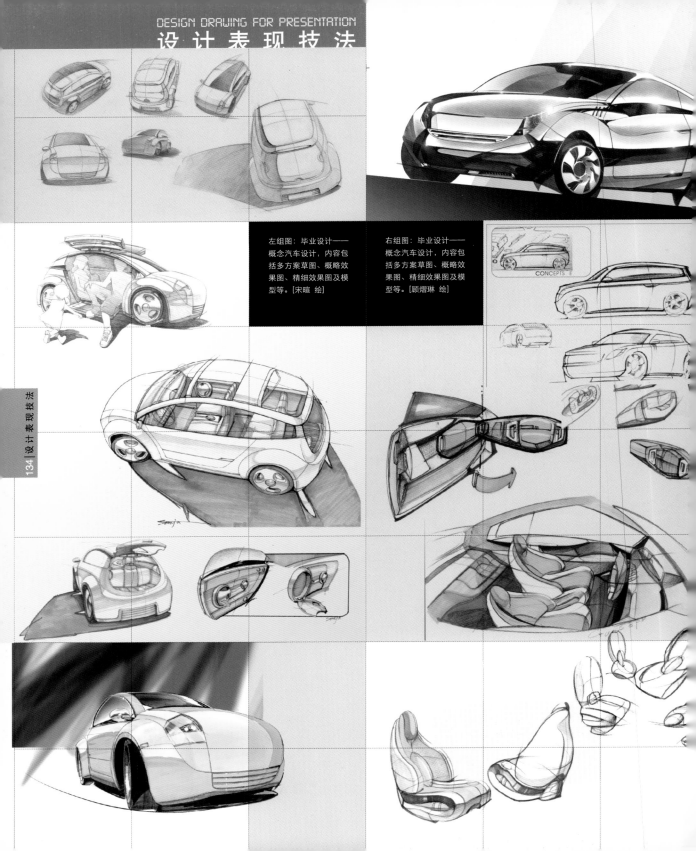

左组图：毕业设计——概念汽车设计，内容包括多方案草图、概略效果图、精细效果图及模型等。[宋暄 绘]

右组图：毕业设计——概念汽车设计，内容包括多方案草图、概略效果图、精细效果图及模型等。[顾熠琳 绘]

CONCEPTS E

134│设计表现技法

RENDERING

图：
设计——上海世博会
电瓶车设计。
绘]

左下组图：
毕业设计——上海世博会
园区电瓶车设计。
[陈佶璐 绘]

右下组图：
毕业设计——上海世博会
园区电瓶车设计。
[金思巢 绘]

方案张

产品设计表现 | 135

后　　记

　　设计表现技法是设计类专业的一门基础课程和必备技能。在对计算机依赖程度越来越高的今天，初学者忽略手绘表现技法的现象愈发突出，作为参与这门课程教学的教师，我们深感编写一本符合新形势发展需要的表现技法参考书的迫切性，以把我们总结的许多经验呈现给广大学子。广纳百川，功在前人，承蒙各方的努力本书得以出版和再版。

　　本书总结了艺术设计（包括环境设计和产品设计）表现技法教学和设计实践中方方面面的经验，由浅入深，并引进了许多新的观念，探讨了一些特殊和创新的设计表现形式。既是对过往经验的总结，也是对表现技法的发展方向的一种积极的探讨和提升，有助于推动高校相关专业的课程教学，满足设计界青年学子成才的需要。

　　此次再版，在秉承原有特点和优势章节的基础上，对初版内容进行了大幅的更新和改进，增加学生作业分量，力求更加精炼、实用和时尚。局限与不足在所难免，敬请设计教育界和设计界的专家与同行以及广大的读者，多提宝贵意见，不吝赐教。

　　藉此机会，感谢作者所在的同济大学建筑城市规划学院艺术设计系的领导、教授多年的栽培和工作上的大力支持，特别感谢殷正声教授在"设计表现"教学研究上所作的重要贡献和丰富积累，并欣然为本书写序；感谢责任编辑王远老师的充分信任和鼎力协助；感谢沈勇、李明磊、王锐、Josiah Li等为作品及资料收集提供大量帮助和支持；感谢一大批为本书无私提供优秀作品的朋友和学生：金均、郁新安、张乐乐、吴昱、沈斐、顾济荣、杨一峰、曾健、罗妍、李涵冰、沈之娇、顾正、王海萍、宋奕君、顾煜琳、宋暄等等；感谢作者的家人和好友在此期间的默默关怀和大力支持。

2007年3月6日　于上海同济校园